Zu diesem Buch

Ort der Handlung ist ein fiktives kleines Land, dessen einziger natürlicher Reichtum, seine Erdölquellen, von einer Gesellschaft seines reichen und großen Nachbarlandes ausgebeutet wird. Durch einen Arbeiteraufstand ist der Diktator gestürzt worden, der seinerseits durch eine Revolution zur Macht gekommen war. Die Aufständischen machen ihm den Prozeß, weil er keines der revolutionären Ziele verwirklicht und mit Terror regiert hat. Sind zu Beginn dieses Prozesses alle Anwesenden von der Schuld des Diktators überzeugt, so wird diese Überzeugung im Verlauf der Verhandlungen rasch erschüttert. Die Zeugenaussagen, die in Rückblenden übergehen, widersprechen einander auf eklatante Weise: Ein und dieselbe Szene erscheint in völlig verschiedenen Versionen, je nachdem, von welchem Zeugen sie berichtet wird – eine Technik, für die sich Sartre von Kurosawas Film *Rashomon* hatte inspirieren lassen. Bei der Durchleuchtung des privaten wie des politischen Lebens des Diktators und der Vorgeschichte der Revolution, die ihn zur Macht brachte, tritt allmählich eine ganz andere Wahrheit zutage. Dennoch werden die Hauptanklagepunkte gegen ihn aufrechterhalten: Er hat die Erdölquellen nicht verstaatlicht, er hat mit Terror eine Kollektivierung der Landwirtschaft durchsetzen wollen, er hat keine Verfassunggebende Versammlung einberufen und die Pressefreiheit beseitigt. Doch der Prozeß bringt ans Licht, daß der Diktator unmittelbar nach seiner Machtübernahme in ein für sein Land katastrophales Räderwerk geraten war: Die Verstaatlichung der Erdölquellen hätte sofort eine militärische Intervention des starken Nachbarlandes zur Folge gehabt, wodurch mit konterrevolutionärem Terror das alte Regime wiederhergestellt worden wäre. Die Verfassunggebende Versammlung wurde nicht einberufen, weil sie als erstes Gesetz eben jene Verstaatlichung der Erdölquellen beschlossen hätte. Um als Ersatz für den unzugänglichen Erdölreichtum wenigstens die Landwirtschaft effektiver zu machen, hat der Diktator eine Kollektivierung durchsetzen wollen und die Sabotage der Bauern mit Terror und Beseitigung der Pressefreiheit beantwortet. Am Schluß des Films wird deutlich, daß auch die neue Regierung keine andere Politik als die des Diktators wird machen können, vielleicht aber später davon profitieren wird, daß er eine Konterrevolution verhindert hat. Dieses fesselnde Drehbuch, das von seiner Aktualität nichts verloren hat, wartet bis heute auf seine Verfilmung.

Jean-Paul Sartre wurde am 21. Juni 1905 in Paris geboren. Mit seinem 1943 erschienenen philosophischen Hauptwerk *Das Sein und das Nichts* wurde er zum wichtigsten Vertreter des Existentialismus und zu einem der einflußreichsten Denker des 20. Jahrhunderts. Seine Theaterstücke, Romane, Erzählungen und Essays machten ihn weltbekannt. Durch sein bedingungsloses humanitäres Engagement, besonders im französischen Algerienkrieg und im amerikanischen Vietnamkrieg, wurde er zu einer Art Weltgewissen. 1964 lehnte er die Annahme des Nobelpreises für Literatur ab. Er starb am 15. April 1980 in Paris.

Jean-Paul Sartre

Gesammelte Werke in Einzelausgaben

In Zusammenarbeit mit dem Autor
und Arlette El Kaim-Sartre
herausgegeben von Traugott König

Drehbücher
Band 2

Romane und Erzählungen
Theaterstücke und Drehbücher
Philosophische Schriften
Schriften zur Literatur
Schriften zu Theater und Film
Schriften zur bildenden Kunst und Musik
Politische Schriften
Autobiographische Schriften
Tagebücher
Briefe
Reisen

Jean-Paul Sartre

Im Räderwerk

Drehbuch

Neuübersetzung von
Eva Groepler

rororo

Rowohlt

Die französische Originalausgabe
erschien 1948 unter dem Titel
«L'engrenage» bei Les Éditions Nagel, Paris.
Die deutsche Erstausgabe
erschien 1954 bei Holle in Darmstadt.
Quellennachweis siehe Seite 135
Umschlaggestaltung Werner Rebhuhn

Veröffentlicht im Rowohlt Taschenbuch Verlag GmbH,
Reinbek bei Hamburg, April 1989

Satz Aldus (Linotron 202)
Gesamtherstellung Clausen & Bosse, Leck
Printed in Germany
780-ISBN 3 499 12207 3

Dieses Drehbuch ist im Winter 1946
geschrieben worden. Sein ursprünglicher Titel war:
Die schmutzigen Hände.
Das Theaterstück, das diesen Titel übernahm,
entstand zwei Jahre später.
Das Thema des vorliegenden Werks hat nichts
mit dem Thema des Stücks zu tun.

Am Rand einer Großstadt eine riesige Erdölförderungsanlage. Bohrtürme, Tanks, Cracking-Türme, Lagerhallen. Keinerlei Anzeichen von Aktivität. Die Wege auf dem Fabrikgelände sind menschenleer, die Maschinen stehen still. Kein Mensch bei der Arbeit. Zwischen Stadt und Fabrik liegt eine Arbeitersiedlung. Kein Mensch auf der Straße. Die Geschäfte sind geschlossen. An einer Gaslaterne hängt eine Figur, die quer über der Brust ein Pappschild trägt, auf dem in Großbuchstaben JEAN AGUERRA, TYRANN steht.

DIE KÜCHE EINER ARBEITERWOHNUNG

Eine alte Frau sitzt auf einem Stuhl am Herd, ihr Blick starrt ins Leere, sie wirkt verängstigt. Am Fenster bürstet eine junge Frau mit verbrauchtem Gesicht eine alte Männerjacke aus und sieht dabei auf die aufgehängte Figur.

In der Ferne hört man einige Detonationen, auf die Maschinengewehrsalven folgen. Die junge Frau läßt die Bürste fallen, geht noch dichter ans Fenster und lauscht. Die alte Frau ist aufgestanden. Sie sagt müde:

«Sie schießen schon wieder! Wann wird das aufhören?»

Mit ihrer Kleiderbürste zeigt die junge Frau auf die Figur:

«Wenn sie ihn wirklich aufgehängt haben!»

EINE STRASSE IN DER STADT

Eine breite Geschäftsstraße, an deren Ende man ein riesiges Gebäude sieht: *den Regierungspalast*. Die Straße ist leer. Der eiserne Rolladen der meisten Läden ist heruntergelassen. Andere Läden haben zerbrochene Schaufenster. In der Mitte der Straße eine umgestürzte Straßenbahn. An einer Mauer die Leiche eines Arbeiters in Hemdsärmeln mit einem Patronengürtel um die Brust. Er liegt mit ausgestreckten Armen kreuzförmig da, und sein Gewehr liegt vor ihm.

Ein Schuß, dann einen Augenblick lang Stille. Ein Aufständischer kommt mit einem Gewehr aus einer Toreinfahrt. Er rennt an den Mauern entlang in Richtung Regierungspalast. Eine MG-Salve wird auf ihn abgefeuert. Der Mann wirft sich hinter der Leiche auf den Bauch. Das Schießen hört auf. Der Mann steht wieder auf, hebt rasch das Gewehr des Toten auf und rennt wieder los. Er verschwindet in einem Hauseingang.

DER HOF EINES HAUSES

Etwa zwanzig bewaffnete Aufständische und einige Frauen stehen im Hof zusammen. Der Anführer geht zu dem uns schon bekannten Aufständischen und fragt:

«Und?»

Alle sammeln sich um den Aufständischen, der antwortet:

«Wir haben die Zentrale eingenommen. Sie halten noch die Yapoul-Kaserne. Aguerra hat den Palast nicht verlassen.»

In der Ferne MG-Feuer.

IM REGIERUNGSPALAST
EIN VORZIMMER

Ein großer, kahler Raum. Eine mit Samt überzogene Sitzbank. Zwischen zwei sehr großen Fenstern der Tisch eines Amtsdieners. Ein Dutzend hoher Würdenträger in Uniform oder Zivil ist hier versammelt. Einer von ihnen ist der Justizminister Mater. Ein kleiner, kahlköpfiger Mann sitzt mit verschrecktem Gesicht auf der Bank. Die anderen stehen steif, ruhig und völlig stumm da. Sie sind schlecht rasiert, ihre Gesichtszüge sind angespannt, ihre Kleidung ist zerknittert. Man merkt, daß sie die Nacht nicht geschlafen haben. Kein Licht ist an: allein das schwache Licht des Morgengrauens erhellt den Raum.

Plötzlich ganz nahe Schüsse. Eine Kugel zersplittert eine Fensterscheibe und landet in der Decke. Reybaz, der Außenminister, groß, schwer, knochig, mit einem groben, unregelmäßigen Schnurrbart, geht gelassen ans Fenster und inspiziert die Gegend draußen.

Die Tür geht auf, und ein Offizier kommt atemlos herein. Alle wenden sich zu ihm hin. Mater steht auf. Der Offizier meldet:

«Sie rücken näher. Das ist der letzte Sturmangriff.»

Die Würdenträger nehmen die Nachricht zur Kenntnis, ohne daß irgend etwas auf ihren Gesichtern ihre Gedanken verrät, als mißtrauten sie einander. Reybaz sagt nur:

«Ich werde ihn benachrichtigen.»

DAS ZIMMER VON JEAN AGUERRA

Es ist ein kleines Zimmer von fast mönchischer Kargheit: ein Bett, zwei Stühle, ein Tisch und eine Kommode. Jean steht vor einem Spiegel. Es ist ein etwa vierzigjähriger großer und breiter Mann. Ein Arm ist halb gelähmt. Er trägt schwarze Stiefel, eine Offiziershose und ein dunkles Hemd. Ein schwarzgekleideter Kammerdiener bindet ihm gerade die Krawatte. Es klopft.

«Herein», sagt Jean.

Es ist Reybaz. Jean gibt dem Kammerdiener ein Zeichen, und dieser geht hinaus. Reybaz macht die Tür hinter ihm zu.

«Das ist der letzte Angriff», sagt er.

«Gut», sagt Jean ruhig.

Er geht ans Fenster, sieht nach draußen und fügt hinzu:

«Wir sind erledigt.»

«Kann sein», sagt Reybaz, «aber das wird sie viel kosten. An allen Fenstern sind Maschinengewehre.»

Jean dreht sich wieder um und geht auf Reybaz zu.

«Du wirst Craver den Befehl geben, das Feuer einzustellen.»

«Nein.»

«Was?»

«Das werde ich nicht tun», sagt Reybaz. «Sie werden mich zwar kriegen, ich will aber, daß sie dafür zahlen.»

«Die Männer, die den Sturmangriff machen werden, das sind die Jungs von der Erdölförderung.»

Reybaz zuckt die Achseln und fragt:

«Und?»

«Das sind die Besten. Sie dürfen nicht umgebracht werden.»

Da Reybaz sich nicht rührt, wechselt Jean den Ton:

«Das ist ein Befehl. Hast du verstanden?»

Reybaz bleibt vor Jean stehen, starrt ihn einen Augenblick an und senkt dann den Kopf, ohne sich zu rühren. Jean geht zur Klingel am Kopfende seines Betts, er klingelt und sagt zu Reybaz:

«Geh!»

Reybaz geht in dem Augenblick, in dem der Kammerdiener hereinkommt.

Jean, der aus dem Fenster sieht, sagt, ohne sich umzudrehen:

«Whisky.»

Der Kammerdiener gießt ihm zu trinken ein und bringt ihm das Glas, das Jean in einem Zug leert. Danach befiehlt Jean:

«Meine Galauniform.»

Der Kammerdiener geht einen Kleiderschrank aufmachen. Während er ihm den Rücken kehrt, sieht Jean ihn an und sagt wie beiläufig:

«Mit mir ist es zu Ende. Ich werde dich meinem Nachfolger abtreten.»

DAS VORZIMMER

Die Würdenträger stehen an den Fenstern. Völliges Schweigen. Plötzlich ein riesiger Lärm unter den Fenstern. Dann wieder Stille.

«Sie sind drin», sagt Reybaz.

Die Tür des Arbeitszimmers geht auf. Der Kammerdiener erscheint und verbeugt sich:

«Seine Exzellenz bittet Sie einzutreten.»

JEANS ARBEITSZIMMER

Ein riesiger Raum. Ein großer, massiver Schreibtisch mit Büchern und Akten. An einer Ecke des Schreibtischs ein Tablett: Whisky, Siphon und Gläser. An den Wänden Regale mit Büchern und Akten.

Ein Sofa und Sessel. Jean sitzt in Galauniform hinter seinem Schreibtisch. Die Würdenträger treten zögernd ein. Sie nähern sich Jean, der aufsteht und sie mit gerunzelter Stirn ansieht.

«Von euch sind mindestens die Hälfte Verräter. Ich werde zu erraten versuchen, wer. In einer Viertelstunde werde ich wissen, ob ich mich irre.»

Die Würdenträger sind im Halbkreis stehen geblieben. Jean mustert sie, während er sehr langsam an ihnen vorbeigeht, als ließe er sie Revue passieren.

«Du auf jeden Fall... Du nicht unbedingt, aber möglich ist alles... Du mit deiner Visage...»

Jean geht an Reybaz vorbei.

«Du natürlich nicht.»

Neben Reybaz steht Darieu. Jean lächelt ihn freundlich an und legt ihm die Hand auf die Schulter. Darieu antwortet mit einem leicht verkrampften Lächeln.

«Du natürlich auch nicht», sagt Jean. «Dich hatte ich gern, Darieu.»

Man hört Schritte und Schreie hinter der Tür. Jean geht an seinen Platz zurück und stellt sich hinter den Schreibtisch. Plötzlich springt die Tür auf, und eine Gruppe bewaffneter Aufständischer erscheint im Türrahmen. Reybaz zieht seinen Revolver und schießt; einer der Aufständischen fällt. Ein weiterer Schuß: jetzt fällt Reybaz. Jean stellt sich schnell zwischen die Würdenträger und die Aufständischen.

«Keiner soll mehr schießen. Kommt her.»

An der Tür entsteht ein Gedrängel. Die Leute treten in das Arbeitszimmer ein. Bewaffnete Frauen und Männer mit zerrissenen Hemden, schmutzigen Gesichtern und nackten Armen. Jean sieht die schweigende Menge an, die einen Moment lang zu zögern scheint. Einer der Würdenträger, die hinter Jean zusammengedrängt dastehen, geht langsam auf die Menge zu. Die anderen folgen ihm einer nach dem anderen und weichen dabei Jeans Blick aus, der sie lächelnd ansieht und sagt:

«Alle? Das übertrifft meine Erwartungen.»

Als letzter wechselt Darieu zur Menge über.

«Auch du, Darieu?» sagt Jean.

Darieu antwortet nicht. Jean fügt hinzu:

«Ich glaubte, daß du mich mochtest.»

«Ja, ich mochte dich», sagt Darieu hart. «Und?»

Jean zuckt die Achseln, ohne etwas zu sagen. Jetzt steht er allein der Menge gegenüber. Einen Augenblick lang herrscht Verlegenheit: Jean flößt noch einen Rest Furcht ein. Dann stürzt plötzlich ein Aufständischer vor und ohrfeigt Jean mit ganzer Kraft. Jean schlägt ihm die Faust mitten ins Gesicht. Der Arbeiter taumelt und richtet seinen Revolver auf Jean. Andere Aufständische legen die Gewehre auf Jean an. In diesem Augenblick hört man jemanden schreien: «Halt!» François und Suzanne sind soeben in das Arbeitszimmer gekommen. François bahnt sich einen Weg durch die Menge, geht auf Jean zu und schreit:

«Halt! Dieser Mann ist unser Gefangener. Daß ihn niemand anrührt.»

Jean hat sich François zugewandt. Beide Männer sehen sich an. Neben François steht Suzanne, die Jean mit haßerfüllten Augen anstarrt. Jean scheint sie nicht einmal zu sehen.

«Da bist du also, François», sagt er. «Ich habe damit gerechnet, dich hier wiederzusehen. Du hast Erfolg gehabt.»

François sieht Jean neugierig und kalt an. Er sagt:

«Noch ist nicht alles erledigt. Aber dich haben wir.»

«Einen Menschen töten ist nicht schwer», sagt Jean beinahe freundlich. «Aber alles übrige. Du wirst es noch merken. Zum letztenmal habe ich dich vor fünf Jahren gesehen. Du hattest dich noch nicht gegen mich gewandt.»

Suzanne geht ganz nah an ihn heran. Sie sagt ihm mit einer Stimme voller Wut und Drohung:

«Und ich, Jean? Erinnerst du dich an das letzte Mal, als du mich gesehen hast?»

Jean übersieht sie völlig. Er heftet seinen Blick weiterhin auf François und fährt fort:

«Ich wußte, wo du dich verstecktest. Ich hätte dich verhaften lassen können.»

«Warum hast du es nicht getan?» fragt François.

«Zuviel Blut...»

«Wir werden weniger großzügig sein», sagt Suzanne. «Dein Blut macht uns keine Angst. Wir werden dich zahlen lassen!»

Jean übersieht sie weiter. Suzanne fährt wütend fort:

«Hörst du mich? Du traust dich nicht, mich anzusehen? Mache ich dir angst?»

Jean wendet sich zum Kammerdiener: «Whisky!» sagt er. Der Kammerdiener rührt sich nicht, er deutet ein schwaches Lächeln voller Verachtung an. Jean geht an seinen Schreibtisch, gießt sich ein Glas ein und trinkt. Suzanne ist ihm gefolgt, außer sich über sein Schweigen und seine Verachtung.

«Wirst du endlich antworten? Du willst nicht? Du willst nicht? Ich werde dir schon beweisen, daß ich existiere. Hier!»

Sie spuckt Jean ins Gesicht, dieser zuckt nicht mit der Wimper und wischt sich nicht einmal ab. Er trinkt weiter und fragt François mit dem Glas in der Hand:

«Ich nehme an, ihr werdet mich ermorden?»

«Das würde dir so passen. Wir werden dir den Prozeß machen.»

«Wer wird mir den Prozeß machen?»

François zeigt rundum.

«Wir alle.»

«Nach welchem Gesetz?»

«Nach unserem.»

«Ich werde mich nicht verteidigen. Ihr werdet mich ermorden», sagt Jean.

Dann, nach einer Weile:

«Wieviel Tote habt ihr?»

«Viele», sagt François.

«Zweihundert?»

«Mehr.»

«Das ist zuviel, um mich zu kriegen.»

«Du wirst auch für sie zahlen!» schreit Suzanne.

«Um deine widerliche Tyrannei zu zerschlagen, ist das nicht zuviel», sagt François.

Jean zuckt mit müdem Gesichtsausdruck die Achseln.

«Ihr werdet tyrannischer sein als ich. Du bist zu abstrakt, François, du wirst furchtbar sein.»

Ein improvisiertes Tribunal im Festsaal des Palasts. Auf der Bühne, die nur ein leicht erhöhtes Podest ist, zwei aneinandergeschobene Tische. Hinter diesen Tischen zwanzig Menschen, dem Publikum zugewandt: sechs Frauen und vierzehn Männer: die Geschworenen. Die Männer sind sehr unterschiedlicher Herkunft: vier von ihnen sind Würdenträger, die wir schon kennen. Sie tragen ihre Uniform mit Orden. Acht weitere sind Arbeiter in Hemdsärmeln oder Lederjacken. Die beiden anderen sehen wie Kleinbürger aus. Auf den Tisch haben die Geschworenen ihre Waffen hingelegt. Ein Würdenträger hat seine mit Orden überladene Jacke ausgezogen und sie über die Rückenlehne seines Stuhls gehängt.

Die Menge sitzt auf den für das Publikum reservierten Stühlen, sie ist aber zu zahlreich, und viele stehen oder sitzen auf dem Fußboden in den Gängen. Andere haben sich auf die Fensterbretter gesetzt. In der ersten Zuschauerreihe sitzen Suzanne, Magnan und Darieu.

Rechts von dem Podest unter einem Fenster sitzt Jean auf einem Stuhl, kehrt den Geschworenen den Rücken zu und demonstriert damit, daß ihn sein Prozeß nicht interessiert. Ein junger Arbeiter sitzt auf dem Fensterbrett. Seine Stiefel baumeln auf der Höhe von Jeans Augen an der Wand herunter. Die Sohle eines Stiefels ist lose, und Jean starrt auf den Fuß des jungen Arbeiters, den er durch den Riß sich bewegen sieht. Dann wandert sein Blick bis zum Gesicht des jungen Arbeiters hoch, der ihn ohne Haß mit gespannter Neugierde ansieht.

Am Fuß des Podests vier bewaffnete Aufständische. Zwischen dem Podest und der ersten Zuschauerreihe ist ein freier Raum. Hier steht François. Er redet mit Leidenschaft und wendet sich dabei abwechselnd an die Geschworenen und an den Saal.

«Wir müssen hart sein, Genossen! Ihr kennt diesen Mann seit fünfzehn Jahren. Ihr habt vor der ersten Revolution mit ihm gekämpft. Ihr habt ihn vor sieben Jahren an die Macht gebracht, weil er euch am geeignetsten erschien, die sozialistische Demokratie zu verwirklichen, die wir anstreben. Er hat das Vertrauen, das wir in ihn gesetzt hatten, verraten. Heute sitzen wir über ihn zu Gericht und verlangen Rechenschaft von ihm. Ich werde das Verfahren leiten.»

Die Menge applaudiert und schreit. François bittet mit einer Handbewegung um Ruhe. Dann geht er auf Jean zu.

«Suche dir deinen Verteidiger aus.»

Jean antwortet nicht.

«Hörst du?» sagt François.

Jean wendet sich kaum um und zuckt die Achseln. Seine Augen starren wieder auf den Fuß des jungen Arbeiters.

«Gut», sagt François, «wir werden dir einen stellen.»

François wendet sich dem Saal zu, als suche er jemanden. Sein Blick bleibt bei Mater, dem Justizminister, hängen, der in der zweiten Zuschauerreihe sitzt und versucht, sich ganz klein zu machen. François zeigt mit der Hand auf ihn:

«Du.»

Mater zuckt mit äußerst besorgter Miene zusammen.

«Aber... ich sehe sein ganzes Verschulden. Ich sehe es klar: ich werde ihn nicht verteidigen können.»

«Du warst doch Anwalt», sagt François gebieterisch. «Du wirst ihn verteidigen. Komm.»

Mater steht sehr verlegen auf und geht zum Podest. Er macht den Mund auf, um einen weiteren Protest zu versuchen. François wiederholt:

«Komm.»

Mater macht eine resignierte Bewegung, stellt sich in den freien Raum zwischen Bühne und Publikum und sagt:

«Gut. Aber wir werden auf schuldig plädieren.»

Jean wendet den Kopf, sieht Mater an und sagt ganz ruhig:

«Das ist das größte Schwein.»

Mater mustert Jean mit dem Schmollen einer alten Frau und kehrt ihm den Rücken zu, dann geht er zu François. Er fragt François und die Geschworenen:

«Wessen klagt ihr ihn an?»

«Das weißt du nicht?» schreit François.

Dann wendet er sich dem Publikum zu:

«Sagt es ihm!»

Ein starkes Beben geht durch das Publikum, das zu schreien anfängt. Man merkt, daß die Zuhörer keine Sekunde an ihren Beschwerden gegen Jean zweifeln. In dem Tumult sind drei Worte deutlich zu hören. Zunächst alles übertönend:

«Erdöl! Erdöl!»

Das zweite ist:

«Mörder!»

Das dritte:

«Diktator!»

In dem Saal steht ein Mann auf, klettert auf seinen Stuhl und schreit:

«Er hat die Revolution zu seinem Vorteil liquidiert. Er hat die Führer der Partei durch eigene Leute ersetzt.»

Ein anderer Mann steht auf:

«Er hat die Presse mundtot gemacht. Er hat Lucien Drelitsch ermordet.»

Ein in der zweiten Reihe sitzender Bauer steht auf und hält seine verbrannten und verkrüppelten Hände hoch:

«Er hat mein Dorf verbrannt.»

Eine Bäuerin schreit:

«Er hat meinen Mann deportiert.»

Ein Moment lang herrscht ein gewaltiger Tumult im Saal. François versucht mit großen Armbewegungen die Ruhe wiederherzustellen. Es gelingt ihm nicht. Schließlich steht ein in der ersten Reihe sitzender Arbeiter auf, wendet sich mit ausgestreckten Armen zum Saal und brüllt derart laut, daß die anderen still werden:

«Das alles ist uns egal! Seine große Sauerei ist, daß er die Erdölfelder ans Ausland verkauft hat.»

Mater, der bislang nichts gesagt hatte, protestiert empört:

«Das stimmt nicht! Das stimmt nicht!»

Der Arbeiter läuft mit blutrünstiger Wut auf Mater zu:

«Du Schwein...»

Einer der Aufständischen, die vor dem Podest Wache stehen, hält den Arbeiter fest. Mater gestikuliert, damit man ihm zuhört, und sagt:

«Wir haben nichts verkauft. Das war die vorige Regierung. Die Regierung des Regenten hat verkauft.»

Der Arbeiter, der immer noch von der Wache festgehalten wird, fragt Mater:

«Was?»

«Der Regent hat 1898 für hundertzwanzig Jahre alle Erdölquellen einer ausländischen Gesellschaft abgetreten», sagt Mater. «Als wir an die Macht gekommen sind, besaßen und beuteten die ausländischen Kapitalisten schon seit dreißig Jahren unsere Erdölquellen aus.»

«Heh, sag mal, Dreckschwein!» schreit der Arbeiter. «Wozu haben wir ihn an die Macht gebracht, deinen Chef? Damit er Perlen einfädelt?»

Der Arbeiter wendet sich an das Publikum und fragt:

«Freunde, was ist unser größter Reichtum?»

Der Saal antwortet wie ein Mann:

«Das Erdöl!»

«In welcher Industrie werden die Arbeiter am schamlosesten ausgebeutet?»

«Im Erdöl!»

«Wer hat die erste Revolution gemacht? Wer hat gekämpft, um diesen Tyrannen an die Macht zu bringen? Und wer hat *diese* gemacht?»

Auf jede Frage schreit die Menge als Antwort:

«Die Kumpels vom Erdöl! Die Kumpels vom Erdöl!»

Der Arbeiter wendet sich jetzt an Jean:

«Hörst du? Heute sind die Kumpels vom Erdöl hier, um dich zur Rechenschaft zu ziehen. Warum hast du die Erdölindustrie nicht verstaatlicht, wie du es tun solltest? Warum hast du den ausländischen Bossen geholfen, die Streiks zu brechen?»

Der Arbeiter wendet sich wieder der Menge zu, die Schreie der Empörung und Buhrufe ausstößt, und er schließt:

«Den Tod verdient er! Und sein Anwalt auch!»

François geht mit erhobenen Händen einige Schritte auf die Menge zu:

«Ruhe!» schreit er.

Dann zum Arbeiter:

«Geh auf deinen Platz!»

Der Arbeiter setzt sich wieder. François wendet sich an den Anwalt.

«Hast du verstanden?» sagt er. «Drei Anklagepunkte. Erstens: Verletzung der Grundrechte. Ermordung von Lucien Drelitsch, dem Herausgeber der Zeitung *La Lumière*. Zweitens: verfrühte Industrialisierung der Landwirtschaft und massenhafte Deportation der aufständischen Bauern. Drittens: Komplizenschaft mit dem Ausland in der Erdölfrage. Beibehaltung einer unerträglichen Situation für die Arbeiter.»

«Wo sind die Zeugen?» fragt der Anwalt.

«Hier ist jeder Zeuge. Ich brauche sie nur in diesem Saal auszusuchen.»

«Und die Zeugen der Verteidigung?» fragt der Anwalt.

«Suche sie dir», antwortet François.

Jean hat sich nicht gerührt. Er kehrt den Geschworenen weiterhin den Rücken zu und starrt auf die Stiefel des jungen Arbeiters, der auf dem Fensterbrett sitzt. Er zeigt ein gewisses Interesse, als er François ankündigen hört:

«Als ersten Zeugen rufe ich Darieu auf.»

Darieu steht auf. Er stellt sich vor das Publikum. Man weist ihm einen Platz zu, so daß er seitlich zum Saal sitzt. François steht vor ihm und fängt an, ihn zu verhören.

«Welchen Platz nimmt unsere Erdölindustrie innerhalb der internationalen Erdölindustrie ein?»

«Den dritten», antwortet Darieu. «Eine Produktion von zwanzig Millionen Pfund.»

«Wann und wie hat die ausländische Gesellschaft die Konzession erworben?»

«1898. Gegen Zahlung von zweimal fünfzig Millionen Pfund.»

«Als Jean Aguerra an die Macht kam, hatte der Regent diese Summe schon längst ausgegeben. Zwanzig Millionen Pfund, die uns zustehen, gehen also jedes Jahr ins Ausland, während unsere Arbeiter hungern.»

«Zwanzig Millionen Pfund», sagt Darieu, «die wir brauchten, um die Lebensmittelprodukte bezahlen zu können, die wir importieren müssen.»

François wendet sich an den Saal:

«Die Unzulänglichkeit unserer Agrarproduktion und unser Mangel an ausländischen Devisen sind die Ursachen der Hungersnot von vor drei Jahren gewesen.»

Danach fragt er Darieu:

«Wie hat Aguerra versucht, diese Situation zu ändern?»

«Durch die Industrialisierung der Landwirtschaft», sagt Darieu. «Traktoren, Kunstdünger, Genossenschaften, Besteuerung der Erzeugnisse. Die Bauern waren gegen diese Maßnahmen. Aguerra

«Zwanzig Millionen Pfund …

... die uns zustehen, gehen also jedes Jahr ins Ausland, während unsere Arbeiter hungern», berichtet François.

Die besten Erdölquellen nützen nichts, wenn andere sie ausbeuten. Ob Ölquellen oder Wertpapiere – man muß sie erst einmal besitzen, wenn daraus Gewinne fließen sollen.

hatte mich und Lucien Drelitsch beauftragt, eine Umfrage auf dem Land zu machen. Wir hatten ihn gewarnt...»

Zeugenaussage von Darieu
(Drei Jahre früher)

JEANS ARBEITSZIMMER IM REGIERUNGSPALAST

Jean arbeitet an seinem Schreibtisch. Darieu und Lucien Drelitsch werden vom Kammerdiener hereingeführt. Sie gehen durch den großen Raum, ohne ein Wort zu sagen, und bleiben vor Jeans Schreibtisch stehen. Darieu trägt eine dicke Akte unter dem Arm. Jean legt seinen Füller hin und hebt den Kopf.

«Nun?»

«Es geht nicht», sagt Lucien. «Die Bauern sind noch nicht so weit.»

Jean bleibt ungerührt.

«Wir haben zehntausend Kilometer zurückgelegt», sagt Darieu. «Wir haben jedes Dorf aufgesucht. Wir haben Hunderte von Menschen befragt. Jean, unsere Bauern sind die rückständigsten Europas.»

«Und?» sagt Jean.

«Sie werden die Traktoren zerschlagen, sie werden die Düngemittel wegwerfen! Sie werden die Ernten verbrennen, wenn sie nicht gar unsere Agronomen aufhängen. Man brauchte zwanzig Jahre Erziehung und Propaganda.»

Jeans Gesicht drückt resignierte und traurige Angst aus. Er sagt nur:

«Euer Bericht?»

Darieu reicht ihm die Akte, die er unter dem Arm hat. Jean legt sie auf den Schreibtisch, ohne sie anzusehen.

«Danke. Ich werde ihn im Rahmen des Möglichen berücksichtigen.»

Darieu sieht Jean mit flehendem Nachdruck an:

«Jean, du kannst nicht. Sie sind noch nicht so weit, du kannst nicht.»

«Ich kenne sie besser als du, Darieu», sagt Jean. «Ich bin unter ihnen geboren.»

Darieu will protestieren. Jean entläßt ihn mit einer Handbewegung.

«Ich danke euch.»

Darieu zögert einen Moment lang, sein Blick kreuzt sich mit dem Jeans, dann will er gehen. Lucien, der sich nicht gerührt hat, greift jetzt ein:

«Ich bleibe», sagt er. «Ich habe mit dir zu reden. Du wirst mich nicht wie einen Diener wegschicken. Geh, Darieu, warte auf mich.»

Darieu geht hinaus.

DAS VORZIMMER

Darieu setzt sich auf die Bank. Er wartet. Hinter der Tür von Jeans Arbeitszimmer hört er laute Stimmen. Er steht auf, geht an das Fenster und sieht mit finstrer Miene auf die Straße. Im Arbeitszimmer immer heftigerer Wortwechsel. Dann kommt Lucien plötzlich heraus, er wirkt außer sich und geht auf Darieu zu.

«Komm, Darieu. Er ist ein Tyrann: er hört auf niemanden mehr.»

DAS TRIBUNAL

Darieu setzt seine Aussage fort. Er wiederholt den Geschworenen den Satz, den ihm Lucien drei Jahre früher gesagt hat:

«Er war bereits ein Tyrann. Er hörte auf niemanden mehr. Er hat trotzdem seinen Plan verwirklicht. Was wir ihm vorhergesagt hatten, ist eingetroffen. Überall haben sich die Bauern erhoben. Sie haben die ersten Traktoren zerschlagen. Polizei und Armee haben eingegriffen. Aguerra wollte nicht nachgeben, und die Repression ist grauenhaft gewesen. Insgesamt fünfzehn dem Erdboden gleichgemachte Dörfer. Siebzehntausend Deportierte. Hundertsiebenundzwanzig Tote.»

Unruhe im Saal. In der zweiten Reihe ist der Bauer mit den verbrannten Händen aufgestanden und schreit:

«Selbst Mainek hat er in Brand gesteckt. Das war sein Dorf. Ich bin auch aus Mainek. Ich habe ihn als kleines Kind gekannt. Schon damals war er ein übler Bursche...»

Der Anwalt versucht einzugreifen:

«Ich protestiere!...»

Der Bauer schneidet ihm das Wort ab und fährt fort:

«Vor seinem Unfall, als er sich den Arm gebrochen hat, wollte er immer kommandieren. Danach haben wir gern auf ihn verzichtet. Allen war er böse, wegen seinem Arm. Man nannte ihn ‹den Krüppel›. Er hatte geschworen, daß er sich rächen würde.»

Der Bauer ist im Gang nach vorn gelaufen. Er zeigt den Geschworenen seine durch das Feuer verkrüppelten Hände, an der einen fehlen zwei Finger.

«Seht her! Ganze Arbeit. Ich war in Mainek, als er dort Feuer gelegt hat.»

Der Anwalt schreit, so laut er kann, um den Lärm der Menge zu übertönen.

«Ich protestiere! Ich bitte die Geschworenen, den Zeugen zurückzuweisen. Wir sind hier, um über die politischen Taten von Jean Aguerra zu richten. Nicht um Altweibertratsch anzuhören. Wer von euch wagte zu behaupten, Aguerra habe fünfzehn Dörfer verbrannt, um ein privates Rachegelüst zu befriedigen?»

Suzanne fährt hoch.

«Warum nicht?» ruft sie dem Anwalt zu. «Weißt du überhaupt, wer er war? Du kennst ihn nicht, du bist vor ihm gekrochen.»

Jetzt wendet sie sich den Geschworenen zu:

«Sein Arm war sein Haß, sein Elend und seine Schande. Ich weiß es. Ich kenne Aguerra. Ich war zehn Jahre lang seine Geliebte. Vielmehr: seine Amme.»

Zeugenaussage von Suzanne

(Neun Jahre früher)

SUZANNES UND JEANS ESSZIMMER

Ein kleines, ziemlich ärmliches Zimmer. Jean sitzt an einem mit einem Wachstuch bedeckten Tisch. Er ist schweigsam und finster. Neben ihm steht Suzanne und schneidet sein Fleisch auf einem Teller klein.

Suzanne schiebt Jean den Teller hin, er sagt nicht einmal danke und fängt an, mit der linken Hand Fleischstücke aufzuspießen. Suzanne gießt ihm Wein ein, sie sieht ihn leidenschaftlich an. Er bleibt hartnäckig stumm und starrt auf den Teller.

Man hört Suzannes Stimme, die sich an die Geschworenen wendet:

«Er brauchte eine Amme. Eines Tages...»

Jean und Suzanne, die auf einer Straße laufen, trennen sich. Jean rennt hinter einer Straßenbahn her, die gerade losgefahren ist. Er versucht aufzuspringen, aber weil er nur einen Arm hat, verfehlt er sie und fällt auf die Erde. Suzanne stürzt zu ihm hin. Zwei Männer stehen schon bei ihm und wollen ihm helfen, wieder hochzukommen. Jean stößt sie wütend zurück.

«Es geht schon, danke», sagt er beinahe grob.

Als er steht, wischt er sich den Staub von seinem Anzug. Suzanne sieht ihn besorgt an. Die beiden Männer, die Jean haben helfen wollen, scheinen über den Ton, in dem er zu ihnen gesprochen hat, schockiert zu sein. Einer sagt zum anderen laut genug, daß Jean es hört:

«So ein Blödsinn, den Akrobaten zu spielen, wenn man behindert ist.»

Jean nimmt Suzanne beim Arm und zieht sie mit finsterer Miene davon.

Suzanne ist bei ihrer Aussage ganz dicht an das Podest herangetreten.

Sie schließt:

«Er haßte alle Menschen, die zwei Arme hatten.»

«Gut möglich», sagt der Anwalt. «Aber wir sind hier, um über die Taten, nicht um über den Menschen zu richten.»

«Und ich», erwidert Suzanne, «ich bitte euch, über den Menschen zu richten, Genossen. Weil er einarmig war, hat er die Macht gewollt. Weil er einarmig war, hat er Frauen gewollt. Weil er einarmig war, haßte er die Menschen und hat Blut fließen lassen.»

Der Anwalt protestiert heftig:

«Ich halte meinen Einspruch aufrecht.»

Suzanne sieht ihn mit derart kalter Bosheit an, daß er einen Schritt zurücktritt.

«Paß du auf deinen eigenen Kopf auf.»

Einen Moment lang absolutes Schweigen. François wendet sich den Geschworenen zu:

«Ihr habt zu entscheiden.»

Darieu steht auf und wendet sich an die Geschworenen:

«Ihr dürft nicht, Genossen.»

«Du!» sagt Suzanne. «Du, Darieu, verteidigst ihn?»

«Ich verteidige ihn nicht. Aber wenn ihr so weitermacht, macht ihr euch lächerlich und verhaßt und gebt ihm recht: das wird kein Urteil, sondern ein Mord sein.»

Magnan greift ein, ohne seinen Platz zu verlassen:

«Erzähl uns doch nichts, Darieu. Der, über den ihr richten wollt, ist ein Mensch. Ein Mensch, den wir geliebt und an die Macht gebracht haben. Ein Mensch, der uns belogen und uns verraten hat.»

Die Geschworenen beraten leise. Einige stehen auf, um mit anderen Geschworenen zu sprechen. Dann gehen alle auf ihre Plätze zurück, und François fragt:

«Was habt ihr beschlossen?»

Eine weibliche Geschworene steht auf und erklärt:

«Wir werden über die Taten und über den Menschen richten.»

«Gut», sagt François. «Das wird lange dauern.»

«Wir haben Zeit», antwortet die Frau.

Suzanne wirft einen triumphierenden Blick auf den Anwalt, dann wendet sie sich den Geschworenen zu.

«Na also! Ihr habt begriffen. Ihr seid Menschen, die über einen Menschen nach seinem ganzen Leben richten wollen. Es geht darum zu wissen, mit wem man es zu tun hat. Ihr werdet nachher zu entscheiden haben, ob die Deportationen, die er befohlen hat, eine Notwendigkeit oder ein Verbrechen waren. Eins aber können wir sofort herauszubekommen versuchen: Was tat er, während die Soldaten die Dörfer plünderten und in Brand steckten?»

Eine Stimme aus dem Zuschauerraum:

«Ich weiß es!»

Suzanne dreht sich um. Sie sieht Jeans Kammerdiener, der sich von seinem Platz in der Mitte des Saals erhoben hat. Alle Blicke sind auf den Kammerdiener gerichtet, der hinzufügt:

«Er lachte. Er war betrunken, und er lachte.»

Suzanne lacht kalt und triumphierend auf.

«Das wußte ich!»

Sie geht zufrieden auf ihren Platz zurück, während François den Kammerdiener heranwinkt und ihm sagt:

«Komm nach vorn!»

Der Kammerdiener geht nach vorn und stellt sich zwischen François und Jean.

«Dein Name?» fragt François.

«Carlo Pompiani. Ich war Kammerdiener Seiner Exz... von Jean Aguerra. Vorher war ich Kammerdiener von Crivelli, dem Ministerpräsidenten.»

Der Kammerdiener zeigt auf Jean und fährt fort:

«Als dieser die Macht übernahm, hat er sich in Crivellis Suite eingerichtet und mich dort vorgefunden...»

Zeugenaussage des Kammerdieners
(Sieben Jahre früher)

DER REGIERUNGSPALAST

Eine lange Flucht von Räumen mit offenen Türen und zerbrochenen Fensterscheiben. Jean befindet sich in der Eingangshalle des Palasts. Er ist bürgerlich, aber schlecht gekleidet wie ein Arbeiter im Sonntagsanzug. Seine schwarze Jacke zwängt ihn ein, er trägt eine fertig gebundene Fliege, eine gestreifte Hose und klobige Schuhe. Sein Schlapphut ist ausgebeult und altmodisch.

Einige Freunde stehen um Jean herum. Er schickt sie mit einer Handbewegung weg, dann geht er durch alle Räume in dem menschenleeren Palast bis zum großen Arbeitszimmer, das wir kennen und das jetzt sehr luxuriös eingerichtet ist. Jean nähert sich einer mit Kunstgegenständen und Vasen beladenen Kommode. Er nimmt eine Figur in die Hand und betrachtet sie eine Weile, dann stellt er sie respektvoll wieder hin. Er geht ganz verlegen einige Schritte in dem Arbeitszimmer umher, als fühle er sich in seiner Haut nicht wohl. Auf einem Bild an der Wand das Porträt einer sehr eleganten Frau, die ihm mit ihrem Blick zu folgen scheint. Jean macht einige Schritte und dreht ihr den Rücken zu, dann starrt er erneut auf das Bild.

Im Türrahmen beobachtet der Kammerdiener Jean steif und regungslos mit ausdrucksloser Miene. Jean setzt sich auf den Rand einer Bergère, steht wieder auf, betrachtet erneut das Frauenporträt, danach das eines alten Generals in Uniform, das daneben hängt. Er zieht mechanisch seinen Hut und nimmt ihn in die Hand. Dann merkt er, daß er ihn abgenommen hat, und wirft ihn wütend auf den Schreibtisch. Ein Tintenfaß kippt um und überschwemmt den Tisch. Jean stürzt hin, aber der Kammerdiener ist ihm zuvorgekommen: er hat einen Lappen in der Hand und wischt sorgfältig die Tintenlache ab. Jean ist aufgefahren, als er ihn sah. Er sieht ihn an und fragt:

«Was machst du hier?»

«Ich war Kammerdiener Seiner Exze... des vorigen Ministerpräsidenten.»

Schweigen. Jean beobachtet den Kammerdiener, der sorgfältig den Rest Tinte wegwischt.

«Ich behalte dich», sagt er.

Dann zeigt er auf die Gemälde und fügt hinzu:

«Du wirst diese Gemälde abhängen.»

DAS TRIBUNAL

Der Kammerdiener setzt den Geschworenen zugewandt seine Aussage fort.

«Ich bin keinen Fußbreit von seiner Seite gewichen. Er wußte nicht einmal, daß ich da war. Er sah in mir nicht mehr als ein Möbelstück. Sieben Jahre lang habe ich mich hinter ihm gehalten, wie sein Schatten. Ich kleidete ihn an.»

Aussage des Kammerdieners
(Über mehrere Jahre)

JEANS ZIMMER IM PALAST

Jean in Hemdsärmeln. Hände reichen ihm eine Jacke, die er anzieht.

Jean in Hemdsärmeln. Hände reichen ihm ein Jackett, das er anzieht.

Jean in Hemdsärmeln. Hände reichen ihm einen Offiziersrock, den er anzieht.

Jean in Hemdsärmeln. Hände reichen ihm einen mit Orden beladenen Offiziersrock, den er anzieht.

Gleichzeitig hört man die Stimme des Kammerdieners, der kommentiert:

«Sieben Jahre lang bin ich nicht von seiner Seite gewichen. Anfangs trank er zwei Tassen Kaffee pro Stunde.»

Jean sitzt an seinem Schreibtisch und schreibt. Er sagt, ohne den Kopf zu heben:

«Kaffee.»

Hinter ihm ist der Kammerdiener unsichtbar geworden. Eine Kaffeekanne hebt sich, ohne daß sie jemand berührt, gießt von allein Kaffee in eine Tasse ein, die sich von allein vor Jean hinstellt. Dieser sagt zerstreut:

«Danke.»

Und er trinkt seinen Kaffee.

Während Jean trinkt, hört man die Stimme des Kammerdieners:

«Die letzten beiden Jahre war es . . .»

«Whisky!» sagt Jean.

Er sitzt an seinem Schreibtisch. Er sieht düster aus, und seine Hand ist unsicherer geworden.

Hinter ihm gießt eine Whiskyflasche von allein ein Glas ein, das sich von allein vor Jean hinstellt, der es in einem Zug austrinkt, während man den Kammerdiener sagen hört:

«Er sagte nicht einmal mehr danke. Ich existierte nicht. Ein einziges Mal scheint er mich gesehen zu haben.»

Jean ißt an seinem Schreibtisch, während er gleichzeitig an einer Akte arbeitet. Plötzlich hört er auf zu arbeiten, schiebt seinen Teller zurück und läßt seinen Blick im Zimmer umherschweifen, als suche er einen Gedanken. Jeans Augen bleiben an dem Teller links von ihm hängen, als dieser sich von allein hebt, als habe eine unsichtbare Hand danach gegriffen. Vor Jeans Augen erscheint plötzlich der Kammerdiener. Er nimmt gerade den Teller, um ihn wegzuräumen. Jeans ungewöhnliche Art, ihn anzusehen, scheint ihn verlegen zu machen.

«Da bist du ja», sagt Jean gedankenverloren und überrascht. «Du bist doch kräftig. Warum zum Teufel hast du dich entschieden, Kammerdiener zu werden? Das ist der allerletzte Beruf.»

Jean hat wie für sich selbst gesprochen. Kaum hat er zu Ende geredet, wendet er schon den Kopf ab, setzt sein Grübeln fort und blättert in der Akte, die vor ihm liegt. Der Diener betrachtet ihn haßerfüllt mit dem Teller in der Hand. Ohne den Kopf zu heben, verlangt Jean plötzlich:

«Whisky!»

Der Kammerdiener verschwindet sofort. Der Teller stellt sich von allein auf eine Konsole neben eine Whiskyflasche, die von allein ein Glas eingießt, das sich von allein auf Jeans Schreibtisch hinstellt.

Der Kammerdiener setzt den Geschworenen zugewandt seine Aussage fort. Er blickt verstohlen auf Jeans Nacken, der immer noch den Geschworenen den Rücken zukehrt, und fährt fort:

«Da war nicht nur der Alkohol. Da waren auch die Frauen. Eine pro Tag oder fast...»

François macht eine gereizte Bewegung. Er will den Diener zum Schweigen bringen und sagt:

«Ich glaube nicht...»

Aber das Gelächter im Saal übertönt seine Stimme. Und bevor er das Wort ergreifen kann, ist eine weibliche Geschworene aufgestanden und fragt:

«Eine Frau pro Tag? Wie besorgte er sich die?»

Der Anwalt greift nachdrücklich ein:

«Das tut hier nichts zur Sache...»

«Lassen Sie den Zeugen sprechen», sagt die weibliche Geschworene.

François zuckt resigniert die Achseln, er gibt dem Kammerdiener ein Zeichen.

«Sprich weiter...»

«Er bekam hundert bis hundertfünfzig Liebesbriefe in der Woche. Wir gingen systematisch vor. Zunächst Durchsehen und Sortieren...»

Zeugenaussage des Kammerdieners

(Über mehrere Jahre)

(Dieser ganze Teil der Aussage wird so trocken und schnell vorgetragen wie eine Dokumentation über die Post.)

EIN KLEINES ARBEITSZIMMER IM PALAST

Ein Angestellter sitzt an einem mit Briefstapeln bedeckten Tisch. Der Angestellte öffnet die Umschläge mit einem Briefmesser, sieht sich die Unterschrift an, trägt den Namen in ein Heft ein und ordnet die Briefe in Ablegefächer ein, die alle wie bei postlagernden Sendungen mit einem Buchstaben versehen sind.

Die Stimme des Dieners kommentiert:

«Anschließend polizeiliche Ermittlung.»

EINE STRASSE

Eine junge Frau kommt aus einem Haus. Ein Polizist in Zivil folgt ihr. Die junge Frau betritt einen Laden. Der Polizist bleibt vor dem Schaufenster stehen und trägt etwas in ein Heft ein. Auf der Seite des Heftes ein Name in Großbuchstaben: RENÉE CARRAS. *Unter dem Namen verschiedene Rubriken: politische Ansichten. Vorgeschichte. Bekanntenkreis ...*

Die Stimme des Dieners kommentiert:

«Vorlegen der Fotos.»

JEANS ARBEITSZIMMER

Jean sitzt an seinem Schreibtisch. Der Diener steht hinter ihm und reicht ihm drei Fotos derselben Frau: auf dem ersten im Abendkleid, auf dem zweiten im Stadtkleid, auf dem dritten im Badeanzug. Jean sieht die Fotos mürrisch an und macht ein vages Zeichen der Billigung. Die Stimme des Dieners kommentiert:

«Wenn die Frau angenommen ist, ärztliche Untersuchung.»

ARZTPRAXIS

Die Frau, deren Fotos wir gesehen haben, wird von einem Arzt in weißem Kittel abgehorcht.

Die Stimme des Dieners kommentiert:
«Schließlich Verabredung...»

JEANS ARBEITSZIMMER

Er sitzt an seinem Tisch. An einem kleineren Tisch rechts von Jeans Tisch tippt Hélène auf der Schreibmaschine. Der Kammerdiener kommt in das Arbeitszimmer. Er verbeugt sich vor Jean, der arbeitet, und übergibt ihm eine Visitenkarte. Jean sieht auf den Namen: RENÉE CARRAS. *Er steht auf, wirft einen verstohlenen Blick auf Hélène, die gereizt und wütend wirkt, und geht aus dem Arbeitszimmer, um einen kleinen Nachbarraum zu betreten, der mit einem großen Sofa, zwei Sesseln und einem Tisch ausgestattet ist.*

Die zweite Tür dieses Raums geht auf, und der Kammerdiener führt Renée Carras herein, die eingeschüchtert und provozierend wirkt.

Der Kammerdiener macht die Tür wieder zu und sieht auf die Standuhr, die 5 Uhr anzeigt.

Dieselbe Standuhr zeigt 5 Uhr 35 an. Der Kammerdiener, der durch das Fenster des Vorzimmers sieht, dreht sich um, als er eine Tür aufgehen hört, Jean erscheint, zwar korrekt angezogen, aber mit leicht zerwühlten Haaren. Der Diener geht auf ihn zu, ohne etwas zu sagen, zieht einen Kamm aus der Tasche und kämmt Jean über.

Jean geht in sein Arbeitszimmer zurück, wirft wieder einen vorsichtigen und leicht ängstlichen Blick auf Hélène und setzt sich wieder an die Arbeit.

DAS TRIBUNAL

Der Diener setzt seine Aussage fort:

«Etwa fünf pro Woche. Für jede eine halbe Stunde.»

Der Anwalt fuchtelt wütend mit den Armen und ruft:

«Das Gericht kompromittiert seine Würde, wenn es sich diesen Klatsch anhört. Wir dulden nicht...»

Suzanne fällt ihm ins Wort:

«Das Gericht muß wissen, mit was für einem Menschen es zu tun hat.»

«Ich kenne noch ganz andere Geschichten über ihn», sagt der Diener.

«Später», sagt François. «Sag uns zunächst, was er tat, als man ihm die Ergebnisse der Repressalien in den aufständischen Dörfern gemeldet hat.»

Als der Kammerdiener antwortet, hört man gleichzeitig ein lautes Auflachen von Jean.

«Ich habe es Ihnen schon gesagt. Er war bei Schoelcher, dem Erdölmagnaten, dem Ausländer, der uns enteignet hat, dem Ausbeuter der Arbeiter. Sie aßen gemeinsam Mittag. Es war eine Orgie. Ein Offizier kam, um ihm die Ausführung seiner Befehle zu melden. In dem Moment hat er nichts gesagt, aber zehn Minuten später hat er angefangen zu lachen wie ein Verrückter...»

Zeugenaussage des Kammerdieners
(Drei Jahre früher)

IM EMPFANGSSAAL BEI SCHOELCHER

Schoelcher ist der Direktor der ausländischen Gesellschaft, die die Erdölquellen ausbeutet. Es ist ein sehr großer und sehr starker Mann mit hartem Gesicht.

Jean sitzt Schoelcher an einem riesigen Tisch gegenüber, an dem etwa zwanzig weitere Männer und Frauen sitzen. Der Tisch ist mit Speisen, Flaschen, prächtigem Silber- und Glasgeschirr bedeckt. Alle lachen schallend mit einem leicht alkoholisierten Gelächter. Die Frauen sind halbnackt. Die Atmosphäre einer Orgie.

Bei allgemeinem lautstarkem Gelächter hört man zwei Explosionen.

Der Kammerdiener steht vor den Geschworenen und lauscht mit äußerst besorgtem Gesicht. Man hört eine neue, ganz nahe Explosion.

«Was ist das?» fragt der Diener. Einige im Saal sind aufgestanden und rennen zu den Fenstern. Von der Straße, wo gekämpft wird, kommen neue Explosionen: Granaten und Schüsse.

Die Tür des Gerichtssaals geht plötzlich auf. Zwei bewaffnete Aufständische erscheinen. Einer von ihnen schreit zum Podest hin:

«Das ist die Garnison von Fort Kéroub.»

«Und?» fragt François.

«Sie ist ausgebrochen», sagt der Aufständische. «Sie besetzt den Platz des Volkes und die westlichen Viertel. Offenbar wollen sie den Palast angreifen.»

Der Anwalt sieht lächelnd auf den äußerst verwirrten Kammerdiener.

«Lorentz und Chatrin sind auf ihrem Posten?» fragt François.

«Ja», sagt der Aufständische.

«Gut. Ihr könnt gehen.»

Die beiden Aufständischen gehen. Die Geschworenen sehen François ernst, angespannt und fragend an. Jean, halb dem Saal zugewandt, hat keine Regung gezeigt. François sagt nur:

«Machen wir weiter.»

Der Anwalt, der zu dem Kammerdiener herangetreten ist, geht einen Schritt auf François zu.

«Ich wünsche eine Gegenbefragung des Zeugen.»

«Gut», sagt François.

Der Anwalt pflanzt sich vor dem Kammerdiener auf und sieht ihm in die Augen. Der Lärm der Straßenschlacht geht weiter: es ist jetzt offenkundig, daß unter den Fenstern des Palasts gekämpft wird. Der Kammerdiener ist bleich.

«Du hast Angst!» sagt der Anwalt. «Du weißt, was dir passieren wird, wenn unsere Leute die Stadt zurückerobert haben. Wenn deine Zeugenaussage falsch ist? Hältst du sie aufrecht?»

Der Diener stammelt:

«Ich...»

«Hältst du sie aufrecht?» sagt der Anwalt. «Gut. Gehen wir der Reihe nach vor. Er lachte also?»

Von der Straße dringt ganz nahes Maschinengewehrgeknatter herauf. Der Diener sieht zum Fenster, dann zu den Geschworenen.

«Das heißt...» sagt er mit zögernder Stimme.

Zeugenaussage des Kammerdieners

(Drei Jahre früher)

IM EMPFANGSSAAL BEI SCHOELCHER

Genau dasselbe Dekor, dieselben Menschen sitzen am Tisch mit Jean und Schoelcher. Der Tisch ist mit genausoviel Speisen bedeckt, die Menschen sind genauso ausgelassen wie in der Orgienszene, die der Diener erwähnt hat, nur ist es eine schweigsame Orgie. Jean hat den Mund offen, als lachte er, doch kommt kein Laut aus seiner Kehle. Man hört das Ende einer MG-Salve, dann die zögernde Stimme des Dieners: «Das heißt...» *Und bei dieser Stimme erstarren Jean, Schoelcher und die übrigen Tischgäste in einem unbeweglichen Lachen.*

Eine sehr heftige und ganz nahe Explosion und die gehetzte Stimme des Kammerdieners:

«Nein. Er lachte nicht.»

Jean, Schoelcher und die Tischgäste bekommen wieder eine ernste Miene und essen wieder weiter.

Man hört den Anwalt fragen:

«Lachte er oder lachte er nicht?»

«Das heißt, er lachte, ohne zu lachen...» antwortet der Diener.

Jeans Gesicht drückt auf einmal eine gewisse beinah heimliche Schadenfreude aus. Schoelchers Gesicht genauso. Jeder scheint sich über Erinnerungen oder Gedanken zu amüsieren, die streng persönlich bleiben.

Auf dem Tisch Dutzende von Flaschen, volle und leere, umgekippte Gläser. Um den Tisch ausgelassene Frauen, die laut lachen.

Die Stimme des Anwalts fragt:

«War es eine Orgie?»

«Ich ... ich ...» stammelt der Diener.

«War es eine Orgie?» wiederholt der Anwalt mit Nachdruck.

Eine Explosion.

«Nein. Nein, überhaupt nicht», sagt der Diener schnell. «Es war ein Geschäftsessen.»

Die Frauen verschwinden. Der Tisch hat sich verkleinert. Die Zahl der Gerichte und der Flaschen hat sich deutlich verringert. Nur noch Jean, Schoelcher und einige Männer sind anwesend, die ruhig essen. Alle wirken besorgt.

DAS TRIBUNAL

Der Anwalt hat sich leicht triumphierend über den ganz verlegenen Diener gebeugt.

«Ein Lachen, das kein Lachen ist; eine Orgie, die keine Orgie ist. Machen Sie sich über das Gericht lustig? Erzählen Sie uns von Anfang an, was passiert ist. Von welchem Tag sprechen Sie?»

ZEUGENAUSSAGE DES DIENERS
(Drei Jahre früher)

EINE STRASSE

Ein langes weißes Auto mit aufdringlicher Sirene fährt durch die Straßen. Vor und hinter ihm drei weitere Wagen und uniformierte Motorradfahrer.

Darieu und Jean sitzen nebeneinander. Der Diener sitzt auf einem Klappsitz.

«Schoelcher hat die Lohnerhöhung abgelehnt», sagt Darieu. «Streik liegt in der Luft.»

«Aha!» sagt Jean. «Deswegen also...»

«Was?»

«Das Mittagessen. Deswegen. Ich wette mit dir, daß ich weiß, worum mich Schoelcher bitten wird.»

SCHOELCHERS FABRIK

Das weiße Auto hält vor dem Fabriktor. Eine kleine Menschenmenge, die von einem starken Ordnungsdienst zurückgehalten wird, steht dichtgedrängt vor den Toren. Jean und Darieu steigen aus dem Auto. Der Kammerdiener folgt ihnen. Aus der Menge wird hier und da ohne Begeisterung gerufen:

«Es lebe Aguerra! Es lebe Aguerra!»

Es handelt sich offenkundig um die Claqueur-Brigade. Die Menge reagiert nicht. Als Jean diese Rufe hört, zuckt er die Achseln und dreht sich zu Darieu um:

«Das ist lächerlich. Sag Magnan, daß mir Schweigen lieber ist.»

Jean, Darieu und hinter ihnen der Diener betreten den Haupthof der Fabrik. Schoelcher kommt die Freitreppe vom Hauptgebäude herab, das gegenüber dem Eingangstor liegt, und geht ihnen entgegen. Sein hartes Gesicht versucht freundlich zu lächeln, aber man spürt die Drohung und den Haß hinter jedem Lächeln.

Arbeiter bilden ein Spalier vom Tor bis zur Freitreppe. Schweigend, mürrisch und reglos sehen sie starr auf Jean. Eine drückende Feindseligkeit. Schoelcher ist bei Jean angekommen und verbeugt sich vor ihm.

«Exzellenz, meine Mitarbeiter und ich sind sehr glücklich, Sie hier empfangen zu dürfen.»

Jean drückt Schoelcher die Hand. Dann gehen alle zum Hauptgebäude. Während Jean die Stufen der Freitreppe hinaufsteigt, kommt ein einzelner Ruf aus der Menge:

«Aguerra. Verräter!»

Jean bleibt stehen, ohne sich umzudrehen. Schoelcher sieht ihn mit einem leichten Lächeln an.

«Sehen Sie», sagt er, «sie lieben niemanden. Sie nicht mehr als mich. Ich werde ...»

Jean winkt ab und geht weiter.

«Lassen Sie. Völlig unwichtig.»

Wieder ruft die Stimme:

«Tod dem Verräter Aguerra!»

Jean zuckt die Achseln, ohne stehenzubleiben. Er betritt die Fabrik.

IN DER FABRIK

Eine kleine Gruppe von Offiziellen und Betriebsingenieuren sieht sich die Einrichtung eines Laboratoriums an. Man hat sie die Fabrik besichtigen lassen, und das ist jetzt zu Ende. Schoelcher und Jean haben sich einige Schritte von der Gruppe entfernt.

«Haben Sie ihre Stimmung bemerkt?» sagt Schoelcher. «In acht Tagen gibt es Streik. Ich werde ihnen diese Erhöhung nicht bewilligen. Das ist ein Vorwand. Was sie wollen, ist, die Unruhe aufrechtzuerhalten und eine revolutionäre Situation zu schaffen, um uns zum Nachgeben zu zwingen.»

Jean zeigt keine Regung. Schoelcher fährt fort, ohne ihn aus den Augen zu lassen:

«Ich erwarte von Ihnen, daß Sie mir nochmals versichern, daß Sie, was auch passiert, nichts tun werden, um zu versuchen, uns zu enteignen.»

«Ich werde nichts versuchen», sagt Jean. «Ich versichere es Ihnen.»

«Falls der Streik zu ... zu hart ist, kann ich Sie um die Unterstützung der Armee bitten?»

«Nein. Alles, was ich tun kann, ist, den Konflikt zu schlichten.»

«Nehmen Sie sich in acht», sagt Schoelcher. «Die Dinge können weiter gehen, als Sie denken.»

«Wenn ich die Truppen zur Niederschlagung des Streiks einsetze, schaffe ich eine Kluft zwischen mir und den Arbeitern im Land. In zwei, drei Jahren bin ich verloren und Sie mit mir.»

Schoelcher sieht ihn drohend an:
«Das ist Ihr letztes Wort?»
«Ja.»
«Ihr Land ist ganz klein, Exzellenz, und meins ist sehr groß», sagt Schoelcher.
Dann lächelt er plötzlich und sagt freundlich:
«Gehen wir essen.»

DAS TRIBUNAL

Der Anwalt wendet sich drohend an den Diener:
«Versuchen Sie hier nicht abzulenken. Ich habe Sie gefragt, ob Aguerra lachte, als man ihm die Niederschlagung des Bauernaufstands gemeldet hat.»
«Darauf komme ich jetzt», sagt der Diener.

Zeugenaussage des Dieners
(Drei Jahre früher)

DER EMPFANGSSAAL BEI SCHOELCHER

Der Saal, den wir schon kennen. Nur Männer sitzen am Tisch: Offizielle und Ingenieure. Die Atmosphäre ist steif und gespannt. Jean ißt, ohne ein Wort zu sagen.
Ein Offizier wird hereingeführt. Er geht auf Jean zu und beugt sich über ihn. Die beiden Männer reden leise miteinander. Die übrigen Gäste reden untereinander und beobachten sie gleichzeitig.
«Also?» fragt Jean.
«Es ist erledigt», sagt der Offizier.
«War es hart?»
«Sie haben Widerstand geleistet. Wir mußten...»
Jean schneidet ihm ungeduldig das Wort ab.
«Sehr hart?»

«Zehn Dörfer zerstört. Siebzehntausend Leute verhaftet.»

«Gut», sagt Jean. «Ich sehe Sie nachher.»

Der Offizier zieht sich zurück. Jean bleibt unerschüttert, er ißt aber nicht mehr. Über Schoelchers Kopf hinweg starrt er die Wand gegenüber an. Dieser folgt seinem Blick. An der Wand hängt eine Sammlung alter Waffen, darunter eine riesige Muskete.

«Sie lieben alte Waffen, Exzellenz?» fragt Schoelcher. «Ich habe sehr schöne.»

Schoelcher steht auf, geht zur Wand und nimmt mit Mühe die riesige Muskete ab, die er mit beiden Händen hält. Als er sich wieder hinsetzt, zwinkert er einem der Ingenieure zu, der unmerklich lächelt.

«Sehen Sie die Elfenbeineinfassungen am Kolben», sagt Schoelcher.

Über den Tisch weg reicht er mit beiden Armen Jean die Muskete hin. Dieser streckt seinen linken Arm aus, um sie zu nehmen. Schoelcher sagt mit gespielter Gedankenlosigkeit:

«Beide Hände, Exzellenz: sie ist furchtbar schwer.»

Als wäre er sich plötzlich seiner Gedankenlosigkeit bewußt, fügt er rasch hinzu:

«Oh! Verzeihung ... Nehmen Sie sie doch, Darieu.» Jean sagt bleich vor Wut gebieterisch:

«Laß, Darieu.»

Dann streckt er die Hand aus und sagt:

«Geben Sie her.»

Schoelcher gibt ihm die Muskete. Jean nimmt sie mit furchtbarer Anstrengung in die eine Hand. Er zieht sie an sich, prüft sie ausgiebig.

«Sie haben recht», sagt er. «Sie ist wunderschön.»

Dann reicht er sie Schoelcher über den Tisch.

«Sie ist weniger schwer, als Sie sagen, eine Hand reicht, Schoelcher. Kommen Sie! Eine Hand. Eine einzige Hand!»

Schoelcher hebt einen Arm, greift nach der Muskete und läßt sie über dem Tisch fallen, so daß sie Gläser, Flaschen und Geschirr zerschlägt.

Einen Augenblick Bestürzung und Verlegenheit. Nur Jean lehnt sich auf dem Stuhl zurück und fängt an nervös und unwiderstehlich zu lachen. Jeans Lachen wird von einer fernen MG-Salve und der Stimme des Kammerdieners begleitet:

«Deswegen lachte er.»

Der Prozeß scheint einen Augenblick unterbrochen zu sein: Publikum, Geschworene, Anwälte und Zeugen sind auf ihren Plätzen geblieben, doch jeder lauscht, ohne ein Wort zu sagen, auf die Geräusche des Kampfs, der sich zu entfernen scheint. Die Geräusche nehmen weiter ab; sie hören auf. Wieder ein einzelner Schuß, dann wieder Stille. In dieser Stille geht die Tür auf, und man sieht den Aufständischen erscheinen, der schon vorhin gekommen war, um Nachrichten zu überbringen. Er meldet:

«Sie ziehen sich Richtung Festung zurück. Sie werden verfolgt.»

«Gut», sagt François.

Unruhe im Saal. Mit einer Armbewegung stellt François die Ruhe wieder her und sagt:

«Machen wir weiter.»

Der Anwalt sieht verzweifelt mit wirrem Blick um sich herum und schüttelt dabei den Kopf:

«Ich kann nicht mehr ... Ich kann keinen Menschen verteidigen, der nicht redet und sich über seinen Anwalt lustig macht. Laßt mich! Ich kompromittiere mich für ihn, und er grinst mir ins Gesicht. Ich bin für euch! Ich sage euch, ich bin für euch gegen ihn.»

«Du wirst ihn verteidigen», sagt François. «Du wirst ihn verteidigen, oder du wirst es bereuen.»

Darieu steht plötzlich auf, wie jemand, der lange mit sich gerungen hat und nicht mehr anders kann.

«Er hat recht», sagt er. «Dieser Prozeß ist widerwärtig: ihr bringt ihn um!»

Unterschiedliche Zurufe im Publikum. Eine weibliche Geschworene sagt heftig:

«Ist das unsere Schuld, wenn er sich nicht verteidigen will?»

«Es ist eine Schande», sagt Darieu weiter. «Haben wir dafür gekämpft? Um uns Vorzimmerklatsch anzuhören? Die zur Diskussion stehenden Fragen sind von größtem Ernst! Mußte man die Landwirtschaft in dem Moment industrialisieren, in dem er es getan hat? Konnte er Schoelcher enteignen und das Erdöl verstaatlichen? Und statt dessen werden uns Klatschgeschichten über einen gebrochenen Arm und Minderwertigkeitskomplexe geboten. Und er, der als einziger für sich plädieren könnte, schweigt.»

Der Saal schweigt. Die Geschworenen schweigen. Darieus Ausbruch hat alle bestürzt gemacht. Dieser geht auf Jean zu, der sich nicht umdreht, und spricht ihn von hinten an:

«Jean! Ich flehe dich an... In deinem eigenen Interesse. Für deine Würde, verteidige dich. Laß dich nicht wie einen Hund erschießen. Jean, ich habe keinen Haß auf dich; ich achte dich immer noch; ich liebte dich. Gegen deine Taten, gegen deine Politik habe ich die Revolution gemacht. Nicht gegen dich. Rede zu ihnen, sag ihnen etwas. Ich schäme mich für sie, für dich und für mich.»

Bei Darieus letzten Worten hat Jean ihm den Kopf zugedreht und sieht ihn ironisch an. Er antwortet:

«Das könnte euch so passen.»

Dann wendet er ihm wieder den Rücken zu und rührt sich nicht. Ratlosigkeit unter den Zuhörern. Einige stimmen Darieu zu; andere stören sich an seiner Haltung und schreien ihn nieder.

Unterschiedliche Rufe:

«Schwein!»

«Hängt ihn sofort auf!»

«Darieu hat recht!»

«Einen Menschen, der sich nicht verteidigt, bringt man nicht um.»

«Du sabotierst deinen Prozeß!»

François, der sich die ganze Zeit mit großen Armbewegungen bemüht, die Ruhe wiederherzustellen, geht auf Darieu zu:

«Darieu, es gibt vielleicht eine Möglichkeit...»

François spricht Darieu ins Ohr, der zustimmend nickt und sagt:

«Gut. Ich gehe hin.»

Darieu verläßt den Gerichtssaal. François dreht sich zum Publikum um, das weiterhin laut protestiert. Er schreit:

«Ruhe!»

Dann ruft er in die wieder eingekehrte Ruhe:

«Menko!»

Ein Mann in der ersten Reihe steht auf; ein etwa sechzigjähriger, kahlköpfiger Mann mit Brille, der wie ein kleiner alter Gelehrter aussieht. Es ist einer der Würdenträger, die wir am Anfang im Vorzimmer gesehen haben. Er hält voluminöse Akten im Arm und geht auf François zu.

«Du bist Agronom», sagt François. «Du bist zwei Jahre im Landwirtschaftsministerium gewesen. Du hast immer gegen die von Aguerra befohlene Industrialisierung der Landwirtschaft protestiert.»

«Es war eine Dummheit und ein Verbrechen», sagt Menko.

Er zeigt auf seine Akten und fügt hinzu:

«Ich habe das Beweismaterial.»

«Wir hören», sagt François.

Menko sucht mit kurzsichtigem Blick, wo er seine Akten ablegen kann. François winkt einer der Wachen, die einen kleinen Tisch vor Menko hinstellt. Dieser legt seine Akten dorthin, öffnet sie und beginnt mit monotoner Stimme seine Ausage:

«Unser Land produziert jährlich...»

STRASSEN IN DER STADT

Darieu kommt aus dem Palast und macht sich schnellen Schritts auf den Weg. MG-Feuer. Darieu drückt sich an eine Mauer, sieht nach oben und stellt offensichtlich fest, daß von den Dächern geschossen wird. Er geht wieder los und rennt durch die Straßen, die nach Aufstand aussehen.

Darieu kommt zu einem kleinen, ziemlich bescheiden aussehenden Haus. Er klingelt: einmal, zweimal, viermal. Niemand antwortet. Darieu überquert die Straße und verliert dabei das Haus nicht aus den Augen. Er erreicht den gegenüberliegenden Bürgersteig und ruft, so laut er kann:

«Hélène! Hélène!»

An einem Fenster im ersten Stock bewegt sich eine Gardine.

«Machen Sie auf! Ich bin es, Darieu!»

Darieu wartet einen Moment regungslos. Dann geht die Tür auf. Darieu läuft rasch hinüber. Eine alte Frau läßt ihn herein, ohne ein Wort zu sagen. Sie macht die Tür wieder zu und geht die Treppe hinauf. Darieu folgt ihr.

Die Alte führt Darieu in ein sehr ärmliches Wohn- und Eßzimmer. Sie macht Darieu ein Zeichen, daß er sich hinsetzen soll.

«Sie ist krank. Warten Sie.»

Sie geht hinaus. Darieu bleibt stehen. Er geht langsam durch das Zimmer und sieht sich die Fotos an. Überall Fotos von Lucien Drelitsch. An den Wänden, auf den Möbeln, Lucien an Hélènes Arm. Lucien allein, im Skianzug. Lucien in Hemdsärmeln in einer Drukkerei. Lucien unter einem Dutzend Studenten.

In einer Ecke des Zimmers, fast versteckt, auf einem kleinen Tisch ein Foto von Hélène zwischen Jean und Lucien, die sie beide lachend einhaken. Darieu nimmt den Rahmen und sieht traurig das Foto an. Hélène kommt herein. Sie trägt Trauer. Darieu stellt schnell den Rahmen wieder auf den Tisch und dreht sich um.

«Und?» fragt Hélène. «Wird er zum Tode verurteilt?»

Darieu zuckt resigniert die Achseln, als wollte er sagen: «Natürlich.»

«Wie ist er?» fragt Hélène weiter.

«Er weigert sich, sich zu verteidigen.»

Hélène ist durch Darieus Anwesenheit und die Nachrichten, die er bringt, offensichtlich verwirrt, aber sie bleibt beherrscht und fragt, um die Unterhaltung auf ein anderes Thema zu lenken:

«Wieviel Tote?»

«Man weiß es noch nicht.»

Darieu sieht Hélène an, die den Kopf abwendet und zum Fenster geht. Darieu hält sie an, nimmt ihre Hände und zwingt sie, sich umzudrehen.

«Hélène, dieser Prozeß ist eine Farce. Wir sind widerwärtig und lächerlich. Und ihn versucht man zu entwürdigen. Wir werden alle erniedrigt daraus hervorgehen.»

«Es wäre besser gewesen, er wäre heute morgen bei den Kämpfen umgekommen», sagt Hélène.

«Ja.»

Darieu zögert einen Augenblick, dann sagt er mit einer gewissen Ängstlichkeit:

«Wenn er sich verteidigte...»

«Ja?»

«Dann würde alles anders werden. Man würde über das verhandeln, worum es geht: die Politik, die er gemacht hat.»

Hélène macht ihre Hände frei. Sie geht ans Fenster und macht es auf. Am Ende der Straße liegt die Leiche eines Aufständischen. Hélène sieht auf diesen Körper und sagt halblaut vor sich hin:

«All diese Toten... All diese Toten... Und er, der umgebracht werden wird.»

Darieu geht zu ihr hin.

«Hélène, helfen Sie uns.»

«Wobei? Was kann ich tun?»

Darieu und Hélène sehen auf die Straße. Drei bewaffnete Männer rennen vorbei. Darieus Stimme wird fester und immer eindringlicher:

«Niemand kennt ihn besser als Sie. Sie sind der einzige Mensch auf der Welt, den er geliebt hat. Wenn Sie aussagen würden...»

Die drei Männer kommen wieder vorbei. Sie halten einen Gefangenen fest, der mühsam geht und den sie mit Fußtritten und Kolbenschlägen vorantreiben. Hélène wendet sich ab und knallt das Fenster zu. Darieu spricht weiter:

«Wenn Sie aussagen würden, würde er sich verteidigen. Ich bin sicher, in Ihrer Gegenwart würde er sich verteidigen.»

Man hört Schreie und Schüsse auf der Straße. Hélène zittert.

«Ich werde nicht hingehen.»

«Hélène...»

«Ich werde nicht hingehen. Verstehen Sie mich, Darieu. Er hat meinen Mann umgebracht. Ich hasse ihn. Ich muß ihn hassen. Ich kann ihn nicht verteidigen. Aber er ist auch zehn Jahre lang unser engster Freund, unser Bruder gewesen. Ich kann ihn nicht beschuldigen. Ich will nicht für seinen Tod verantwortlich sein, auch nicht im Kleinsten.»

«Das verlangen wir ja gar nicht von Ihnen. Sie sollen nur kommen und die Dinge erzählen, die Sie gesehen haben. Er wird sich verteidigen. Er wird erklären, weshalb er Lucien hat sterben lassen.»

«Hat er eine Chance, wenn ich aussage?»

Darieu antwortet nicht.

«Sie sehen doch, Darieu, es geht nicht», sagt Hélène mit verstörter Miene. «Ich will mich nicht einmischen. Ermorden Sie ihn ohne mich.»

«Ermorden?»

«Ich weiß nicht mehr, wo die Mörder sind. Er hat Lucien umgebracht, und jetzt werden Sie ihn umbringen.»

Sie geht zum Fenster zurück und sieht nach der Leiche auf der Straße. Ohne sich umzudrehen, sagt sie:

«Gehen Sie! Gehen Sie! Ich werde zwei Tote zu beweinen haben.»

«Also nein, Hélène?»

«Nein. Lassen Sie mich in Ruhe.»

DAS TRIBUNAL

Menko spricht weiter. Es ist eine präzise Aussage mit zahlreichen technischen Begriffen, Zahlen, Statistiken und Dorfnamen. François hört zu. Ein Teil der Geschworenen hört zu. Der Saal hört kaum zu. Die Menschen dösen auf ihren Stühlen, andere schlafen richtig, auf dem Fußboden ausgestreckt. Wieder andere reden leise miteinander, während Menko unermüdlich weiterspricht.

Jean gähnt. Er wendet sich zu den zwei Wachposten, die sich mit dem Gewehr zwischen den Beinen im Schneidersitz müde auf den Boden hingehockt haben.

«Ich kann nicht mehr», sagt Jean.

Die beiden Männer sehen ihn mit undurchdringlicher Miene an, ohne zu antworten. Jean holt einen Tabakbeutel und Zigarettenpapier aus seiner Tasche und dreht sich mit einer Hand eine Zigarette.

«Seht ihr», sagt er zu den beiden Wachposten, «ich bin nicht ungeschickt.»

Feindseliges Schweigen der beiden Männer. Jean zuckt die Achseln.

«Schon gut», sagt er. «Ich will euch nicht bestechen. Arbeitet ihr im Erdöl?»

«Ja», sagt eine der Wachen.

«Bohrbetrieb oder Raffinerie?»

«Raffinerie.»

«Glaubt ihr, daß ich ein Verräter bin?»

«Ja.»

Jean zeigt mit dem Daumen hinter sich auf die Geschworenen, den Anwalt, François und die Zeugen.

«Und was haltet ihr von dem Prozeß?»

«War nicht nötig», sagt der Wachposten. «Hättest gleich erschossen werden sollen.»

«Einverstanden», sagt Jean. «François ist zu penibel.»

Während Jean redet, wühlt er in seinen Taschen: er sucht Streichhölzer, die er nicht findet. Er fragt die Wachen:

«Streichhölzer?»

Diese rühren sich nicht. Jean hat die Zigarette aus dem Mund genommen, als von oben eine Streichholzschachtel auf seine Knie fällt. Jean hebt den Kopf. Auf dem Fensterbrett sieht er den jungen Arbeiter mit den kaputten Stiefeln, der zu ihm herunterblickt. Jean sieht ihn einen Augenblick lang stumm an.

«Warum läßt du deine Stiefel nicht reparieren?» fragt er.

Schweigen des jungen Mannes. Jean bohrt nach:

«Zu teuer?»

Der junge Mann antwortet immer noch nicht. Jean zündet sich seine Zigarette an. In dem Moment hört man Menko nicht mehr, der während der ganzen Szene weiter geredet hat, und man hört François sagen:

«Ich danke dem Zeugen.»

Menko ordnet seine Akten, nimmt sie unter den Arm und geht zu seinem Platz zurück. Suzanne steht auf.

«Ich möchte aussagen», sagt sie. «Ich habe zehn Jahre lang Tag für Tag an der Seite dieses Mannes gelebt. Niemand kennt ihn besser als ich.»

François winkt ab. Er dreht den Kopf zu Jean hin, als wolle er ihn um Rat bitten. Jean hat sich aber nicht gerührt. François sieht Suzannes haßerfülltes und kaltes Gesicht. Er zögert weiter, sieht auf die Uhr und fragt eine Wache neben ihm:

«Darieu ist noch nicht zurück?»

«Nein.»

François zuckt die Achseln und gibt Suzanne ein Zeichen:

«Sprich!»

HÉLÈNES WOHNUNG

Darieu und Hélène sind in der gleichen Stellung vor dem Fenster stehengeblieben. Darieu sagt zu Hélène, ohne ihr die Hand zu geben:

«Also, adieu.»

«Adieu.»

Darieu macht eine Bewegung, als wolle er gehen. Plötzlich kommt ihm eine Idee, und er fragt mit gespielter Gleichgültigkeit:

«Sie wissen, wer die Verhandlungen führt?»

«François, nehme ich an.»

«Im Prinzip ja. Aber in Wirklichkeit ist es Suzanne Terrier.»

Hélène fährt hoch:

«Suzanne! Sie hat kein Recht dazu. Diese Frau ist eine...»

«Sie hat die Geschworenen in die Tasche gesteckt», sagt Darieu, «sie glauben alles, was sie erzählt.»

«Suzanne», sagt Hélène angewidert. «Sie wird aussagen...»

«Ich nehme an, sie wird ihr gemeinsames Leben erzählen.»

Hélène hat plötzlich ein anderes Gesicht bekommen.

«Sie wird über Lucien sprechen... Sie wird über mich sprechen.»

Sie geht die Tür aufmachen und ruft:

«Jeanne! Jeanne!»

Dann geht sie wieder zu Darieu zurück:

«Jean habe ich nicht zu verteidigen. Aber ich will nicht, daß sie uns beschmutzt. Sie haßte Lucien.»

Jeanne kommt herein, Hélène geht auf sie zu.

«Meinen Mantel. Ich gehe raus.»

«Du bist verrückt», sagt Jeanne. «Auf den Straßen wird gekämpft.»

«Meinen Mantel!» sagt Hélène gebieterisch. «Schnell!»

DAS TRIBUNAL

Suzanne steht vor den Geschworenen und redet aufgeregt:

«Er hat mich verlassen. Das letzte Mal sah ich ihn im Palast: vor sieben Jahren, an dem Tag, an dem er die Macht übernommen hat...»

Zeugenaussage von Suzanne
(Sieben Jahre früher)

DER PALAST

In der großen Eingangshalle des menschenleeren Palasts steht eine Gruppe dicht beieinander. Darunter Suzanne, Lucien, François, Magnan. Alle sehen auf Jean, der sich etwas abseits hält. Es ist dieselbe Szene, die der Kammerdiener erzählt hat, aber diesmal von Suzanne gesehen.

Jean geht selbstsicher zu einer geschlossenen Tür. Mit einer heftigen und ausholenden Armbewegung stößt er ihre beiden Flügel auf und legt damit eine Flucht von Räumen mit offenen Türen frei. Jean gibt seinen Freunden ein gebieterisches Zeichen, sich zurückzuziehen, als wollte er allein von seinem neuen Reich Besitz ergreifen. Suzanne will zu ihm hinstürzen, aber Lucien hält sie zurück.

Jean fängt an zu gehen, ruhig und selbstsicher. Ganz hinten wartet der Kammerdiener mit unterwürfiger Miene auf ihn. Suzanne beobachtet Jean mit zärtlichem und unglücklichem Gesicht. Wieder will sie ihm folgen, aber François und Lucien halten sie zurück.

Jean tritt in das Arbeitszimmer ein, der Kammerdiener, der ihm folgt, verbeugt sich und macht die Tür hinter ihm zu.

Suzanne sieht verzweifelt auf die Tür, die sich hinter Jean schließt, und man hört sie grimmig sagen:

«Als er einen Diener *hatte, wollte* er von mir nichts mehr wissen. Er mied mich hartnäckig...»

DER HOF DES PALASTES

Suzanne versucht, zu Jean hinzugehen, den man in seinen großen weißen Wagen einsteigen sieht. Ein Haushofmeister hält sie zurück. Der weiße Wagen fährt langsam los. Er fährt an Suzanne vorbei, die «Jean! Jean!» schreit.

Mit unbeweglichem Gesicht sieht Jean sie aus dem Wagen an, als bemerkte er nicht einmal ihre Anwesenheit.

Suzanne hat gerade mit vor Haß glühendem Gesicht einen an die Geschworenen gerichteten Satz zu Ende gesprochen. Mit geschlossenem Mund sieht sie Jean stumm an, und man hört ihre Stimme, die flehende Stimme, die sie im Hof des Palasts hatte:

«Jean! Jean! Warum hast du mich verlassen? Ohne ein Wort, ohne ein Zeichen. Ich verstehe nicht! Jean, hab Mitleid mit mir! Ich liebe dich, Jean! Ich liebe dich!»

Dann wendet sich Suzanne wieder den Geschworenen zu und sagt mit kaltem und ruhigem Haß:

«Ich hasse ihn.»

Und unbefangen fährt sie fort:

«Ich bin nicht gekommen, um euch von meinem Liebesleben zu erzählen. Wäre es nur das, wäre es unwichtig. Aber ich habe Jahre an seiner Seite verbracht und von einem Verbrechen Kenntnis erhalten. Einem Verbrechen, das er allein begangen hat und das ihr nicht kennt. Es wird in die Anklage mitaufgenommen werden müssen.

Ich habe Jean Aguerra zum erstenmal 19.. getroffen... Das war vor der ersten Revolution...»

Zeugenaussage von Suzanne
(Zehn Jahre früher)

EINE ERDÖLFÖRDERUNGSANLAGE

Alles ist menschenleer: es wird gestreikt, Suzannes Stimme fährt fort:

«... zur Zeit des berühmten Erdölstreiks, des ersten, war Hélène Borge, die sich als meine beste Freundin ausgab, Betriebskrankenschwester. Sie hatte noch nicht Lucien Drelitsch geheiratet, den Aguerra später ermorden lassen würde. Eines Nachts...»

Suzanne schläft in ihrem Bett. Es klingelt. Suzanne wacht auf und lauscht. Es klingelt noch einmal. Suzanne springt aus dem Bett, macht Licht an, zieht einen Mantel über ihr Nachthemd, schlüpft in ihre Hausschuhe und geht zur Tür.

«Wer ist da?» fragt sie.

«Mach auf, ich bin's, Hélène.»

Suzanne macht die Tür auf. Hélène erscheint. Sie unterscheidet sich aber völlig von der Hélène, die wir kennen. Sie ist stark geschminkt, sie trägt ein Kleid, das provozierend eng anliegt, und macht auf «Femme fatale». Das ist Hélène, wie Suzanne sie sieht.

Hinter Hélène erkennt Suzanne die Umrisse von zwei Männern. Suzanne weicht leicht zurück.

«Keine Angst», sagt Hélène. «Das sind Freunde.»

Sie stößt die Tür selbstsicher zu und rempelt beim Eintreten Suzanne beinahe um. Sie redet in fast unverschämtem Ton. Die beiden Männer treten nach ihr ein. Sie sind schmutzig und müde, ihre Kleidung ist abgerissen. Zuerst tritt Lucien ein, dann Jean, der düster und hart wirkt. Lucien grüßt Suzanne mit einem freundlichen Lächeln.

«Entschuldigen Sie uns.»

«Aber was ist denn los?» fragt Suzanne, die Lucien und Jean besorgt mustert.

«Haben Sie Nachbarn?» fragt Jean knapp, wobei er Suzanne kühl ansieht.

«Nein. Die Wohnung nebenan ist leer.»

«Gut.»

Suzanne mustert Jean neugierig und fragt noch einmal:

«Aber was ist denn los? Woher kommt ihr?»

Jean antwortet nicht. Es ist Hélène, die mit gespielt mondäner Stimme antwortet. Sie wirkt aufgeregt, aber nicht traurig:

«O Suzanne! Es ist furchtbar, sie haben die Armee eingesetzt. Die Fabrik wird gestürmt. Sie wollen uns verhaften.»

«Du warst da?» fragt Suzanne.

Hélène lächelt leicht prahlerisch und kokett:

«Natürlich war ich da. Sie auch. Ach! Ich vergaß: Lucien Drelitsch und Jean Aguerra.»

«Seien Sie still!» sagt Jean brüsk.

Er verliert Suzanne nicht aus den Augen, die seinem Blick nicht ausweicht.

«Das ist meine beste Freundin», sagt Hélène.

Jean zuckt die Achseln:

«Sie braucht nicht zu wissen, wer wir sind.»

«Dann brauchen Sie auch nicht bei mir zu bleiben», sagt Suzanne.

«In Ordnung», sagt Jean.

Er macht kehrt und will gehen. Lucien hält ihn lächelnd am Arm fest.

«Hör zu, Jean. Wir müssen dem Fräulein vertrauen. Hélène verbürgt sich für sie, und außerdem siehst du doch, daß sie uns nicht verraten wird.»

«Na gut», sagt Jean. «Wir haben sowieso keine andere Wahl.»

Suzanne zieht beleidigt einen Flunsch. Lucien geht auf sie zu.

«Wir waren vorhin in der Fabrik. Wir sind durch die Keller geflüchtet, aber die Polizei sucht uns. Können Sie uns verstecken?»

«Wie lange?»

Lucien zuckt die Achseln, um zu zeigen, daß er das nicht weiß. Suzanne sieht die beiden Männer unschlüssig an:

«Alle beide?»

Hélène stellt sich zwischen die beiden Männer, hakt sie mit provozierender Vertraulichkeit ein, lächelt sie an und sagt:

«Alle drei.»

«Die Freundin, mit der ich zusammen wohne, kommt übermorgen zurück.»

Jean macht seinen Arm los und geht einen Schritt auf die Tür zu.

«Gut. Sie lehnt ab. Gehen wir.»

Suzanne macht eine gereizte Bewegung:

«Warten Sie doch. Wer sagt Ihnen, daß ich ablehne?»

«Jedenfalls scheinen Sie nicht begeistert zu sein», sagt Jean.

Und für Lucien fügt er hinzu:

«Zuviel Frauen bei dieser Geschichte.»

Es klingelt an der Tür. Alle fahren hoch und sehen sich besorgt an. Suzanne bleibt ruhig und sieht sofort entschlossen aus. Sie legt einen Finger auf den Mund und winkt ihnen, daß sie ihr folgen sol-

len. Sie macht eine Tür auf, die auf ein großes Zimmer geht, das als Wäsche- und Abstellraum dient. Wäscheballen und Möbel sind hier durcheinander abgestellt. Ein großes Laken ist über zwei Stühle gespannt. Es klingelt noch einmal, und es klopft an der Tür. Suzanne zeigt auf die eine Ecke des Zimmers.

«Setzt euch da hin und zieht das Laken über euch! Schnell.»

Dann macht sie die Tür des Wäscheraums zu und geht zum Flur.

«Wer ist da?»

«Polizei. Aufmachen.»

Suzanne macht auf. Sie wirkt verschlafen und sieht die beiden Polizisten mit dem Blick einer Kurzsichtigen an.

«Was wollen Sie?»

«Bei Ihnen sind Streikende!»

«Streikende! Das ist ja furchtbar!» sagt Suzanne.

Sie macht die Tür sperrangelweit auf.

«Kommen Sie herein! Suchen Sie! Ich werde nicht eher beruhigt sein, bevor Sie nicht alles durchsucht haben.»

Die beiden Polizisten sind ihr ins Zimmer gefolgt und sehen sich um. Suzanne öffnet die Tür des Wäscheraums. Jean, Lucien und Hélène, die zwischen den Möbeln hocken und mit dem Laken bedeckt sind, sind unsichtbar.

«Das hier», sagt Suzanne, «ist mein Wäscheraum. Aber dann hätten sie durch mein Zimmer gehen müssen.»

Sie macht die Tür zu und geht wieder zu den Polizisten, die schon weggehen wollen.

«Sie suchen nicht? Nicht unter dem Bett?»

«Reden Sie keinen Blödsinn», sagt ein Polizist und zuckt dabei die Achseln.

Und beide Männer gehen mit einem kurzen Gruß hinaus. Suzanne schließt hinter ihnen ab und geht in den Wäscheraum. Hélène, Jean und Lucien kommen unter dem Laken hervor und sehen sie an. Suzanne lächelt Jean zu:

«Und? Finden Sie immer noch, daß es zuviel Frauen bei dieser Geschichte gibt?»

Suzanne, die vor den Geschworenen steht, spricht weiter:

«Ich konnte sie nicht bei mir behalten. Ich habe sie zum Bauernhof meines Onkels in eine verlassene Gegend mitgenommen. Niemand hätte sie hier gesucht. Anfangs ging alles gut. Lucien schrieb seinen ersten Roman. Hélène spielte die Kokette. Jean langweilte sich von morgens bis abends. Ich machte den Haushalt...»

Zeugenaussage von Suzanne
(Zehn Jahre früher)

DER GEMEINSCHAFTSRAUM AUF SUZANNES HOF

Lucien schreibt an dem einen Ende eines langen Tischs; Suzanne steckt Holz ins Feuer und wirft einen Blick in den großen Topf, der am Kesselhaken hängt. Vor einem Spiegel schminkt sich Hélène nach.

Vor einem Fenster steht Jean und sieht nach draußen. Er gähnt ausgiebig. Suzanne trägt Teller, Messer und Gabeln an ihm vorbei und legt sie auf den Tisch. Im Vorbeigehen sagt sie zu Jean:

«Sie scheinen für die Natur nichts übrig zu haben.»

Jean wirft ihr einen düsteren Blick zu und grummelt eine Antwort. Suzanne fängt an, den Tisch zu decken. Lucien räumt seine Papiere weg und schraubt seinen Füller zu. Hélène geht zum Tisch.

«Armer Lucien. Suzanne kennt kein Mitleid. Nicht einmal Ihre Arbeit respektiert sie.»

Dann fügt sie für Suzanne hinzu:

«Das ist ein großer Schriftsteller, weißt du, du läßt ihn den Faden verlieren.»

Suzanne antwortet kühl:

«Gut möglich, aber essen muß er auch, selbst als großer Schriftsteller.»

Lucien ist rasch aufgestanden. Er scheint wegen Hélènes Worten verlegen zu sein und lächelt Suzanne sehr freundlich zu:

«Entschuldigen Sie, Suzanne. Ich hätte Ihnen helfen sollen.»

«Nicht doch», sagt Suzanne. «Damit hätten Sie nur den Faden verloren.»

Lucien nimmt einen Stapel Teller und hilft Suzanne beim Decken.

«Aber nein. Das waren unwichtige Notizen.»

Hélène wendet sich kokett an Lucien:

«Unwichtige Notizen? Und ich, die mit Ihnen reden wollte und nicht wagte, Sie zu stören ...»

Lucien kniet vor dem Geschirrschrank und holt Gläser und eine Flasche Wein heraus. Er lächelt Hélène zärtlich zu und sagt:

«Dann reden Sie doch mit mir.»

«Werden wir bald nach Hause können?»

Lucien stellt die Gläser und die Flasche auf den Tisch.

«Ich weiß nicht. Fragen Sie unseren großen Kämpfer. Er wird entscheiden.»

Lucien fängt an, Gabeln und Messer neben die Teller zu legen. Hélène sieht Jean an, der immer noch am Fenster steht, und fragt dann Lucien:

«Wieso nennen Sie ihn immer unseren Kämpfer? Sind Sie denn keiner?»

«Nein.»

«Warum?»

Als Lucien sich umdreht, um ihr zu antworten, läßt er ein Messer fallen. Als er sich bückt, um es aufzuheben, läßt er drei Gabeln fallen. Hélène lacht ein bißchen. Lucien lacht auch, zeigt auf die Gabeln, die er aufgehoben hat, und sagt:

«Darum könnte ich kein Kämpfer sein. Und außerdem ...»

«Und außerdem ...?» sagt Hélène.

«Sie kennen doch das Sprichwort: ‹Man macht kein Omelett, ohne Eier zu zerschlagen›? Nun, ich zerschlage nicht gern Eier, nicht einmal für ein Omelett.»

Lucien deckt mit Suzanne weiter den Tisch. Hélène sieht beide schweigend an, dann geht sie auf Jean zu. Suzanne verfolgt sie mit einem harten Blick.

Als Hélène neben Jean steht, streichelt sie ihm flüchtig über den Nacken. Er zuckt, dreht sich um und sieht sie mit so offenkundiger Begierde an, daß sie erschrickt. Sie versucht zu scherzen, ist aber verlegen:

«Sie wissen wohl, wie man Omeletts macht?»
Jean starrt mit abwesender Miene auf Hélènes Mund.
«Was für Omeletts?»
«Ich bin albern. Wann können wir nach Hause?»
«Ich weiß nicht», sagt Jean.
Dann fügt er zwischen den Zähnen hinzu:
«Ich habe keine Lust, nach Hause zu kommen.»
Hélène versucht immer verlegener noch einmal zu scherzen:
«Weshalb sehen Sie mich so an? Sie machen mir angst.»
«Sie wissen genau, weshalb ich Sie ansehe.»
Suzanne beobachtet sie finster, während sie den Tisch fertig deckt.

DAS TRIBUNAL

Auf seinem Stuhl dreht Jean den Geschworenen immer noch den Rücken zu, hört sich aber mit Interesse Suzannes Aussage an, die man hinter ihm sprechen hört:

«Er verfolgte sie. Er sagte nichts; er sah sie nur an. Das machte ihr angst. Anfangs hatte sie sich kokett gegeben, aber später bekam sie Angst.»

Zeugenaussage von Suzanne
(Zehn Jahre früher)

DER GEMEINSCHAFTSRAUM AUF DEM BAUERNHOF

Suzanne putzt. Hélène sitzt am Tisch vor einem aufgeschlagenen Buch. Jean sieht sie starr an. Hélène hebt schließlich verlegen den Kopf.

«Reden Sie mit mir! Sagen Sie etwas!»

«Ich habe nichts zu sagen. Ich rede nicht so gut wie Lucien.»

«Doch, das wissen Sie genau. Sie reden sehr gut, wenn Sie wollen.»

Suzanne bleibt mit einem Eimer in der Hand zögernd einen Moment an der Türschwelle stehen. Dann füllt sie ihren Eimer in der Küche und kommt zurück.

Hélène ist in Jeans Armen, der sie küßt. Man weiß nicht, ob sie willig ist oder nicht, aber sie macht sich plötzlich los und sieht Jean seltsam an. Jean dreht sich um, ohne ein Wort zu sagen, und geht plötzlich hinaus. Hélène geht einige Schritte, setzt sich an den Tisch und fängt an, mit dem Kopf in den Armen zu schluchzen.

«Ich habe genug! Ich habe genug! Ich will nach Hause.»

Suzanne geht zu ihr und streichelt ihr mechanisch das Haar. Ihr Gesicht bleibt hart.

«Du kokettierst mit beiden: Du mußt dich entscheiden!»

Hélène richtet sich jäh auf:

«Ich habe mich schon entschieden: Lucien will mich heiraten.»

«Und?»

«Ich habe ja gesagt.»

Eine Sekunde lang huscht über Suzannes Gesicht ein verstohlener Triumph.

«Warum!» fragt sie. «Weil er hübscher ist?»

Hélène verzieht ihr Gesicht zu einer zynischen Zustimmung. Suzanne fährt fort:

«Und außerdem hat er zwei Arme... Und dazu wird er noch ein großer Schriftsteller werden... Kurz, alle Vorzüge!»

Suzanne spricht mit gleichgültiger Miene, um Hélène, die jede Frage mit einer kleinen zynischen Kopfbewegung beantwortet, zu zwingen, ihre Schäbigkeit zu zeigen. Hélène scheint in die Falle gegangen zu sein. Sie wischt sich ihre Tränen ab und lächelt mit kühler, berechnender Miene.

Man hört Suzannes Stimme vor dem Tribunal:

«Hélène und Lucien haben auf dem Dorf geheiratet. Am Hochzeitsabend...»

Im gleichen Raum Suzanne, Hélène, Jean und Lucien. Es ist Abend. Alle vier sitzen vor dem Kamin, in dem ein großes Feuer brennt. Verlegene Atmosphäre. Suzanne beobachtet die drei anderen mit kalter Miene, schließlich bricht sie das Schweigen:

«Und? Wollen wir nicht schlafen gehen?»

Die drei anderen lösen sich kaum aus ihrer Trägheit. Sie antworten schlaff: «Ja... Ja... Ja...», rühren sich aber nicht. Wieder

Schweigen und Regungslosigkeit. Lucien starrt auf seine Schuhspitzen. Jean klopft auf seine Stuhllehne. Hélène starrt mit weit aufgerissenen Augen und abwesender Miene in die Flammen. Die Uhr schlägt Mitternacht. Sie zucken zusammen und sehen alle gleichzeitig auf die Uhr. Hélène entschließt sich:

«Mitternacht. Du solltest raufgehen, Suzanne. Du stehst immer so früh auf.»

Suzanne reagiert nicht, fest entschlossen auszuharren.

«Nein, nein. Geht ihr zuerst rauf. Ich muß noch das Geschirr wegräumen.»

Lucien steht widerwillig auf.

«Man kann sie nicht so lange aufbleiben lassen.»

Hélène steht jetzt auch auf. Sie steht neben Lucien. Beide sehen auf Jeans Schädel, der sich nicht gerührt hat und weiterhin auf die Armlehne seines Stuhls trommelt. Sie wünschen Suzanne eine gute Nacht, dann sagt Hélène etwas verlegen:

«Auf Wiedersehen, Jean.»

«Auf Wiedersehen», sagt er, ohne den Kopf zu heben.

«Auf Wiedersehen, Jean», sagt Lucien.

Jean sieht zu Lucien hoch und lächelt ihm freundlich zu. Er nimmt achtlos ein Glas, das auf einem kleinen Tisch stand, und drückt es in seiner Hand: Lucien und Hélène gehen zur Treppe, steigen sie verlegen hinauf und verschwinden, eine Weile hört man noch ihre Schritte, dann ist Stille. In dem Moment hält Jean Suzanne seine Hand entgegen und sagt:

«Waschen Sie mir das ab.»

«Was?»

«Das.»

Jean macht die Hand auf. Sie ist voller Blut! Er hat das Glas zerdrückt, das er hielt. Suzanne stößt einen Schrei aus.

«Kippen Sie nicht gleich um», sagt Jean. «Waschen Sie es ab.»

«Ich kippe niemals um.»

Suzanne geht zum Waschbecken, füllt eine kleine Schüssel mit Wasser und kommt mit der Schüssel, einem sauberen Lappen und einem großen Taschentuch zu Jean zurück. Jean sieht zur Decke, ohne auf das zu achten, was Suzanne macht. Als sie fertig ist, läßt sie Jeans verbundene Hand los:

«So, fertig. Auf Wiedersehen, Jean.»

«Auf Wiedersehen.»

«Sie könnten ruhig danke sagen.»

«Danke.»

Suzanne steht auf und geht in ihr Zimmer hinauf. Sie betrachtet sich lächelnd im Spiegel. Hinter ihr geht die Tür langsam auf. Es ist Jean. Suzanne sieht ihn an, sein Gesicht macht ihr angst. Sie weicht etwas zurück, dann hält sie ihm stand. Er geht langsam auf sie zu. Als er ganz nah bei ihr ist, bleibt er stehen und sieht sie an.

«Der Mond scheint», sagt er zwischen den Zähnen. «Schönes Wetter für eine Hochzeitsnacht, nicht?»

«Ja, schönes Wetter.»

Plötzlich nimmt Jean Suzanne in die Arme und küßt sie auf den Mund. Während er sie küßt, hört man die ironische Stimme von Jeans Anwalt fragen:

«Und Sie ließen es mit sich geschehen, obwohl Sie wußten, daß er eine andere liebte?»

«Er liebte sie nicht», antwortete Suzannes Stimme. «Er begehrte sie nur.»

«Und Sie?» fragt die Stimme des Anwalts. «Sie liebten ihn also?»

«Ich... ich...»

Jean macht sich von Suzanne los, die ihn begehrlich ansieht. Dann sieht man Suzanne im Hof des Regierungspalasts, wie sie Jean mit seinem großen weißen Wagen wegfahren sieht und verzweifelt «Jean! Jean!» ruft.

Suzannes Stimme sagt kalt:

«Nein, ich liebte ihn nicht.»

DAS TRIBUNAL

Suzanne spricht zu den Geschworenen:

«Aber ich habe mein Leben für ihn hingegeben. Ich war seine Dienerin. Es nutzte alles nichts. Er war mir deshalb böse, ich weiß nicht, warum. Zu diesem Zeitpunkt kam die Generalamnestie, und wir sind in die Stadt zurückgekehrt. Sie haben eine revolutionäre Organisation aufgebaut. Die Treffen fanden bei mir statt. Jean wollte das Komitee leiten, er hatte aber einen ernst zu nehmenden Konkurrenten: Benga, den kleinen Benga. Erinnert ihr euch?»

Zeugenaussage von Suzanne
(Neun Jahre früher)

SUZANNES WOHNUNG

Jean sitzt auf einem Stuhl. Er wirkt besorgt und scheint Suzanne, die ihm gegenübersitzt, nicht zu bemerken. Er sagt:

«Meine Pfeife.»

Suzanne reicht ihm eine schon gestopfte Pfeife, die er in den Mund steckt. Sie reicht ihm ein angezündetes Streichholz. Jean zündet die Pfeife an und sagt:

«Das Komitee trifft sich nachher hier. Servier uns Bier.»

«Wieviel werdet ihr sein?»

«Acht. Wie üblich.»

Es klingelt. Jean steht auf.

«Da kommen sie... Verschwinde. Du bringst das Bier, wenn ich dich rufe.»

Suzanne geht in die Wäschekammer. Sie nimmt Bierflaschen aus einem Korb und stellt sie auf ein Tablett. Regungslos vor dem Tisch stehend läßt sie sich einen Augenblick gehen und schluchzt ganz kurz auf. Dann faßt sie sich wieder und hat wieder eine kühle, entschlossene Miene. Sie setzt sich und wartet. Aus dem Nachbarraum hört man plötzlich einen heftigen Wortwechsel. Suzanne fährt auf, zögert, schließlich geht sie an die Tür und sieht durch das Schlüsselloch.

Sie sieht die Komiteemitglieder, darunter Lucien und Hélène. Jean und Benga stehen und streiten sich laut. Jean packt Benga schließlich am Revers seiner Jacke und schüttelt ihn außer sich vor Wut. Suzanne macht die Tür auf und stürzt herbei:

«Jean!»

Jean läßt Benga los und dreht sich zu Suzanne um.

«Wer hat dir erlaubt, reinzukommen?»

Alle Komiteemitglieder starren Suzanne an. Sie ist furchtbar verlegen.

«Geh das Bier holen!»

Suzanne geht hinaus. Sie nimmt die Bierflaschen und kommt zurück. Als sie die Flaschen auf den Tisch stellt, kreuzt sich ihr Blick mit dem Hélènes, die sie anlächelt. Man hört Suzannes Stimme mit Bitterkeit sagen:

«Hélène war im Komitee. Ich nicht.»

Suzanne erwidert Hélènes Lächeln äußerst kühl, dann geht sie zurück in ihren Wäscheraum, und während sie die Tür zumacht, hört man Jeans schneidende Stimme sagen:

«Entweder seine Meinung oder meine. Ihr habt die Wahl.»

EINIGE STUNDEN SPÄTER

Der Raum, in dem das Komitee tagte: leere Flaschen, schmutzige Gläser, überquellende Aschenbecher. Jean schlägt wütend auf den Tisch:

«Entweder er oder ich! So geht es nicht weiter!»

Suzanne strickt in einem Sessel, ihr Gesicht bleibt unbewegt. Jean wiederholt wütend:

«Er oder ich! Den erledige ich!»

Suzanne strickt weiter. Man hört ihre Stimme kalt sagen:

«Er hat ihn erledigt. Eines Abends...»

EINIGE WOCHEN SPÄTER

Wieder im selben Raum. Suzanne sitzt da und strickt. Es klingelt. Suzanne geht aufmachen: Hélène kommt herein, als sei sie hier zu Hause.

«Wo ist Jean?» sagt sie. «Ich will Jean sehen.»

«Habe ich dich jemals daran gehindert, ihn zu sehen?» sagt Suzanne. «Er ist in der Wäschekammer, er arbeitet.»

Hélène, stark geschminkt, sehr unruhig, sehr provozierend und sehr vulgär, geht direkt zur Wäschekammer, deren Tür sie ohne vorheriges Anklopfen aufmacht. Jean sitzt an einem Tisch, vor ihm liegen Papiere, er steht lächelnd auf. Hélène geht auf ihn zu. Suzanne steht an der Tür und demonstriert deutlich ihre Absicht zu bleiben. Hélène räuspert sich, um eine deutlichere Stimme zu bekommen, dann sagt sie frech:

«Entschuldige, Suzanne, aber ich muß allein mit Jean sprechen.»

«Du hast ihm etwas zu sagen, was ich nicht hören darf?»

«Ich bin im Komitee, Suzanne.»

«Wie praktisch, dein Komitee.»

Suzanne geht hinaus und knallt die Tür zu. Sie läuft im Zimmer auf und ab und macht absichtlich Lärm. Dann schleicht sie leise zur Tür zurück. Sie sieht zuerst durch das Schlüsselloch. Dann preßt sie das Ohr an die Tür und horcht. Sie hört Hélène:

«Du hast dich zu weit vorgewagt, Jean. Du kannst nicht mehr zurück.»

«Ich habe gewonnen, Hélène!» antwortet Jean. «Ich habe gewonnen. Geh. Lucien soll nichts davon erfahren.»

Suzanne geht zu ihrem Sessel zurück und strickt mit unschuldiger Miene weiter. Die Tür des Wäscheraums geht auf. Hélène kommt mit rotgeweinten Augen heraus. Sie geht eilig weg und sagt beim Vorbeigehen: «Auf Wiedersehen, Suzanne.»

Suzanne antwortet nicht. Sie sieht Jean an, der langsam in das Zimmer kommt und fragt:

«Was wollte sie?»

«Nichts.»

«Ich habe ein Recht zu erfahren, warum eine Frau sich um zehn Uhr abends mit dir in meinem *Haus einschließt und nach einer halben Stunde mit beängstigender Miene wieder rauskommt.»*

«Sie wollte nichts», sagte Jean.

Er geht zum Schrank, macht ihn auf und wühlt in einer Schublade. Suzanne steht sehr besorgt auf:

«Was suchst du?»

Jean steckt, ohne zu antworten, irgend etwas in seine Tasche. Suzanne untersucht den Inhalt der Schublade und fragt:

«Jean, warum hast du den Revolver genommen?»

«Zerbrich dir nicht den Kopf.»

Suzanne sieht Jean mißtrauisch und entsetzt an:

«Ist der für Lucien?» sagt sie.

Jean fährt zusammen.

«Für Lucien? Bist du verrückt? Warum für Lucien?»

Er geht zur Tür. Suzanne rennt hin und schneidet ihm den Weg ab.

«Du kommst nicht vorbei, bevor du mir nicht gesagt hast, warum.*»*

«Laß mich vorbei», sagt Jean und schiebt sie beiseite. «Der ist für Benga.»

«Für Benga?»

«Er ist ein Denunziant», sagt Jean. «Ich habe dem Komitee den Beweis geliefert.»

Suzanne sieht Jean niedergeschlagen und angewidert an:

«Ach... Du hast Beweise geliefert... Und?»

«Er muß zahlen», sagt Jean.

Er lächelt beinah sadistisch boshaft und fügt hinzu, als er die Tür aufmacht:

«Den habe ich erledigt, was?»

Er geht hinaus. Suzanne ruft, als er die ersten Stufen der Treppe hinuntergeht:

«Und was ist mit Hélène?»

«Mach dir keine Gedanken um Hélène», sagt Jean, ohne sich umzudrehen.

Suzanne macht langsam die Tür zu.

DAS TRIBUNAL

Suzanne setzt ihre Aussage gegenüber den Geschworenen fort.

«Er hat Benga in der Nacht eigenhändig umgebracht. Und zwei Wochen später wußte jeder, daß Benga unschuldig war. Aber das war zu spät. Er hat Benga umgebracht, weil Benga ihn störte. Und später hat er Lucien Drelitsch umgebracht, weil er ihn um seine Beliebtheit beneidete und seine Frau begehrte.»

«Du lügst!» schreit eine Frauenstimme im Saal. Suzanne dreht sich um und mit ihr das ganze Publikum. Hélène steht hinten im Saal neben Darieu. Als alle Blicke auf sie gerichtet sind, sagt Hélène schlicht:

«Ich bin Hélène Drelitsch, die Frau von Lucien Drelitsch, der auf Befehl von Jean Aguerra in der Deportation gestorben ist.»

Hélène geht auf die Bühne zu, wo das Gericht tagt. Jean ist aufgestanden und sieht sie an. Sie sieht ihn auch an und bleibt verstört stehen. In dem Augenblick verschwinden *alle* Anwesenden, François, die Geschworenen, die Wachen, der Anwalt, alle verschwinden. In dem riesigen, menschenleeren Saal sind nur noch diese Frau und dieser Mann, die sich ansehen. Dann wendet Hélène ihren Blick von Jean ab und geht weiter. Plötzlich ist der Saal wieder voll und murmelt wohlwollend. Offenkundig hat Hélène bei der Menge etwas von Luciens Beliebtheit behalten.

François geht rasch auf Hélène zu und faßt sie mit einem einzigen Wort an den Händen:

«Danke.»

Hélène nickt ihm zu, starrt aber auf Suzanne und sagt ihr:

«Du lügst, Suzanne. Du weißt genau, daß du lügst! Nicht aus Eifersucht hat er Lucien sterben lassen.»

«Warum dann?»

«Ich werde es den Geschworenen erklären», sagt Hélène.

«Bist du den Mörder deines Mannes zu verteidigen gekommen?»

«Ich bin gekommen, weil man mich darum gebeten hat, und ich werde die Wahrheit sagen», antwortet Hélène. «Ich höre dir schon eine Weile zu, du entstellst alles. Angefangen bei diesem Detail: An dem Benga-Abend bin ich nicht um zehn Uhr abends, sondern um acht Uhr gekommen.»

Zeugenaussage von Hélène

(Neun Jahre früher)

SUZANNES WOHNUNG

Hélène ist auf dem Flur. Es ist nicht mehr die Hélène aus Suzannes Aussage. Sie ist sehr jung, kaum geschminkt, sehr schlicht gekleidet. Sie wirkt besorgt und traurig, und wenn sie sich ungezwungen verhält, hat sie überhaupt nicht die freche Selbstsicherheit, die ihr Suzanne zuschrieb. Sogar der Ton ihrer Stimme ist anders.

Sie klingelt an Suzannes Tür, durch die die Stimme eines Radios zu ihr dringt. Während Hélène wartet, hört man ihre Stimme sagen:

«Du hast nicht gestrickt, du hast Radio gehört.»

Die Tür geht auf, Suzanne erscheint. Geschminkt wie vorher

Hélène und mit dem gleichen provozierenden Kleid gekleidet, das Hélène in ihrer eigenen Zeugenaussage trug.

«Suzanne», sagt Hélène. «Es passiert etwas Furchtbares. Ich muß unbedingt Jean sehen.»

Suzanne sieht sie abweisend an.

«Hör zu, Hélène, das ist blöde, aber bei ihm ist jemand.»

Die Tür der Wäschekammer geht auf, Jean erscheint.

«Warum sagst du das, Suzanne? Du weißt genau, daß ich allein bin.»

Die drei rühren sich nicht. Man hört Suzannes Stimme im Gericht:

«Na und?» sagt sie. «Ich hatte es satt, dich um meinen Liebhaber herumschleichen zu sehen...»

In dem Moment, in dem man Suzannes Stimme hört, verwandeln sich die drei Figuren, die sich nicht gerührt haben. Hélène wird wieder provokant und Suzanne bescheiden. Suzannes Stimme fährt fort:

«Es stimmt, daß ich gelogen habe. Es stimmt, daß ich nicht wollte, daß du Jean siehst. Warum hätte ich mich nicht dagegen wehren sollen?»

Die immer noch provokante Hélène rempelt Suzanne achtlos an und geht auf Jean zu. Beide schließen sich in der Wäschekammer ein. Suzanne geht leise zur Tür. Man hört ihre verbitterte Stimme:

«Wie praktisch, dein Komitee! Glaubst du, ich wußte nicht, was ihr hinter der Tür treibt?»

Suzanne bückt sich. Durch das Schlüsselloch sieht sie Hélène und Jean, die sich küssen.

Hélènes Stimme sagt traurig:

«Du bist ein Dreckstück, Suzanne...»

DAS TRIBUNAL

Hélène steht vor den Geschworenen Suzanne gegenüber. Sie sieht sie eher traurig als verächtlich an; es ist eine tiefe Traurigkeit, die ihr Gesicht zeichnet. Dann wendet sie sich an die Geschworenen:

«Ich war gekommen, um nach Bengas Adresse zu fragen. Das Komitee hatte ihn zum Tode verurteilt, und Lucien war zur Vollstreckung bestimmt worden. Im letzten Augenblick hat mir Lucien gesagt, daß er Benga nicht umbringen würde. Ich wollte es an seiner Stelle tun, und schließlich hat Jean es getan.»

«Warum weigerte sich Lucien?» fragt François.

«Man müßte alles von Anfang an erzählen.»

«Das glaube ich auch», sagt François.

Dann wendet er sich an Suzanne:

«Du hast uns nichts mehr zu sagen?»

«Im Moment nicht», sagt Suzanne.

Dann weist sie die Geschworenen auf Hélène hin:

«Aber diese hier war seine Sekretärin, als er an der Macht war, und ich nehme an, daß sie miteinander schliefen. Sie müßte mitangeklagt werden.»

Zum erstenmal greift Jean ein. Seit Hélènes Eintreffen ist er stehen geblieben und hat sie nicht aus den Augen verloren.

«Hélène ist vor zehn Jahren von mir weggegangen, und zwar am Tag der Verhaftung von Lucien Drelitsch», sagt er. «Sie war meine Sekretärin, aber sie ist nie meine Geliebte gewesen. Sie ist in keiner Weise für die Politik verantwortlich, die ihr mir vorwerft.»

Jean setzt sich wieder. Hélène hat ihn nicht angesehen, als er sprach. François wendet sich an Jean und Suzanne zugleich.

«Das wissen wir. Hélène Drelitsch ist hier als Zeugin und nicht als Angeklagte.»

Dann zu Hélène:

«Wir hören.»

Hélène wendet sich an die Geschworenen und fängt an zu sprechen:

«Alles hat mit dem Erdölstreik angefangen. Ich war Krankenschwester in der Fabrik. Ich kümmerte mich kaum um Politik, ich gehörte aber der Gewerkschaft an. Ich kannte Jean noch nicht, der einer ihrer Führer war, ich kannte aber Lucien Drelitsch, der sein bester Freund, fast sein Bruder war.»

Zeugenaussage von Hélène
(Zehn Jahre früher)

DIE ERDÖLFÖRDERUNGSANLAGE

Es ist Streik. Niemand arbeitet. Auf den Straßen der Arbeitersiedlung laufen Arbeiter herum oder sind in kleinen Gruppen versammelt. Man hört Hélènes Stimme:

«Schoelcher zahlte Elendslöhne. Der im Mai 19.. begonnene große Streik dauerte schon einen Monat.»

EINE LANDSTRASSE

Es ist nachts. Lucien und Hélène gehen Seite an Seite. Ein Mann auf einem Fahrrad ohne Licht überholt sie.

«Ist es noch weit?» fragt Hélène.

«Noch fünf Minuten», sagt Lucien.

«Wo ist es überhaupt?»

«In einem verlassenen Steinbruch.»

Hélène zuckt gereizt die Achseln:

«Warum Verschwörer spielen?»

«Aber Hélène... Die Gewerkschaft ist nicht anerkannt. Du weißt genau, daß wir in der Stadt keine offizielle Veranstaltung durchführen können.»

«Ich bin müde», sagt Hélène.

Sie bleibt einen Augenblick stehen.

«Wir sind fast da», sagt Lucien. «Und außerdem müßte es dich interessieren, ihn zu sehen.»

«Wen?»

«Jean Aguerra natürlich.»

«Ich habe mich nicht für deinen Jean Aguerra auf den Weg gemacht. Ich gehe zu einer Veranstaltung, nicht in die Music-hall.»

«Er geht dir schon jetzt auf die Nerven», sagt Lucien. «Das ist meine Schuld. Aber du wirst deine Meinung ändern: er ist so stark, so intelligent. Er ist es, der die Gewerkschaft aufgebaut hat, und er ist für alles verantwortlich.»

Hélène lacht nervös auf.
«Was hast du?» fragt Lucien.
«Das ist typisch für dich, Lucien! Du bist allein mit einem Mädchen auf einer Straße und erzählst ihr von Aguerra.»
«Aber…»
Lucien bleibt stehen und sieht Hélène zögernd an. Ein Pferdewagen kommt vorbei. Der Kutscher hält an, beugt sich mit einer Laterne in der Hand herunter und leuchtet Hélène und Lucien ins Gesicht. Es ist Jean, der fröhlich sagt:
«Du bist es, Lucien? Steig schnell ein.»
«Du bist es, Jean?» sagt Lucien.
Er geht zum Pferdewagen und fügt hinzu:
«Aber ich bin nicht allein.»
«Steigt beide ein.»
Hélène und Lucien steigen in den Wagen. Lucien sitzt zwischen Hélène und Jean. Er stellt vor:
«Jean Aguerra, Hélène Dargel.»
«Guten Tag.»
Hélène grüßt kurz zurück.
«Guten Tag.»
Jean schlägt Lucien freundschaftlich auf die Schulter.
«Geht es dir gut, Brüderchen?»
«Ja», sagt Lucien, der einen Blick auf Hélène wirft und hinzufügt:
«Ausgezeichnet sogar. Und dir?»
«Schlecht. Kennst du den Grund für das Treffen?»
«Nein.»
«Schoelcher hat erreicht, daß Montag fünftausend Deutsche kommen. Streikbrecher. Sie sollen an unserer Stelle arbeiten.»
«Großer Gott! Und?»
«Nun ja. Wir müssen entscheiden, was wir tun.»
Während Jean und Lucien sprechen, tut Hélène so, als beachte sie sie nicht, weil sie beleidigt ist, daß sie sie nicht beachten, und sieht in die Landschaft. Der Pferdewagen kommt zu einem großen, verlassenen Steinbruch, wo bereits einige hundert Männer versammelt sind.

Hélène spricht, ohne Jean anzusehen. Aber er sieht sie an: er hat seinen Stuhl zu ihr gedreht und läßt sie nicht aus den Augen. Hélène spürt seinen Blick. Man ahnt es an ihrem hartnäckigen Starren auf die Geschworenen und ihrer leicht gepreßten Sprechweise.

«Lucien fiel mir auf die Nerven», sagt sie. «Für ihn gab es nur noch Jean. Und Jean fiel mir auch auf die Nerven: Ich fand ihn zu sehr von sich eingenommen. Deswegen habe ich eine Dummheit gemacht...»

Zeugenaussage von Hélène
(Zehn Jahre früher)

EIN VERLASSENER STEINBRUCH

Eine Art riesige Grotte, Laternen an der Wand. Eine schweigende Menge von Arbeitern steht vor einer natürlichen Erhebung versammelt, auf der Jean, Benga und vier weitere Arbeiter Platz genommen haben.

In der ersten Reihe der Menge Hélène und Lucien. Jean redet, und Lucien hat nur für ihn Augen, was Hélène zu ärgern scheint.

«Fünftausend Deutsche», sagt Jean. «Sie werden Montag ankommen und so lange bleiben, wie es die Bosse haben wollen, und in der Zeit können wir krepieren. Genossen, ich bin immer ein Gegner von Sabotage und Streik gewesen. Das ist jetzt eine schlechte Taktik, weil wir unsere Kräfte dabei aufreiben. Ihr seid gegenteiliger Meinung, Bengas Meinung gewesen und habt für Streik gestimmt. Ihr seht, welche Gefahr das heute bedeutet. Ich fordere euch auf, für die Wiederaufnahme der Arbeit zu stimmen.»

Benga sieht Jean wütend an. Jetzt ergreift er das Wort:

«Genossen, wir werden nicht nach vier Wochen Kampf und Opfer nachgeben. Wir werden uns nicht durch die Ankunft von fünftausend Ausländern einschüchtern lassen...»

«Schön», schreit Jean. «Was sollen wir also tun? Ich sage es euch noch einmal, wenn sie erst angefangen haben, in unseren Betrieben zu arbeiten, werden sie nicht mehr weggehen. Hast du einen Plan, Benga?»

«Widerstand leisten.»

«Widerstand leisten, wie?»

Benga antwortet nicht. Die Menge schweigt weiter. Lucien beugt sich zu Hélène herüber und flüstert:

«Gefällt er dir?»

«Überhaupt nicht. Er sieht wie ein Schläger aus und macht Vorschläge wie ein Feigling.»

Mit erhobenem Finger wendet sich Jean an Benga und wiederholt:

«Widerstand leisten, wie?»

«Feigling! Feigling!» murmelt Hélène vor sich hin.

Lucien protestiert lebhaft:

«Sei still! Du bist verrückt! Wenn man keine Verantwortung hat, kann man leicht Kritik üben.»

Jean fragt ein drittes Mal, ohne Benga aus den Augen zu lassen:

«Wie willst du Widerstand leisten?»

«Wir haben genug Geld, um einen Monat durchzuhalten», sagt Benga.

«Und danach?» ruft Jean aus. «Und in einem Monat? Hört ihr, Genossen? Man rät euch zum Streik, man sagt euch aber nicht, wie er durchgehalten werden soll!»

Schweigen.

Dann sagt Hélène mit unsicherer Stimme:

«Warum nicht die Betriebe besetzen?»

Jean wendet sich barsch an sie:

«Was?»

«Ich frage», sagt Hélène lauter, «warum besetzen wir nicht die Betriebe?»

Lucien bemüht sich, sie zum Schweigen zu bringen.

«Aber Hélène ... Du bist verrückt!»

Jean zuckt die Achseln:

«Über diesen Vorschlag braucht man nicht einmal zu diskutieren. Wenn wir die Betriebe besetzen, wird man uns anschuldigen, das Eigentumsrecht zu verletzen. Das wird ein Vorwand sein, die Armee einzusetzen.»

Hélène ist jetzt völlig außer sich und spricht mit sicherer Stimme:
«Immer zurückweichen, immer nachgeben. Sollen wir denn gesenkten Hauptes wieder zurückgehen?»
Sie wendet sich an die Menge und fährt fort:
«Ist es das, was ihr anstrebt, Genossen? Wollt ihr bei der ersten Schwierigkeit den Kampf aufgeben?»
Jean, der ganz hinten auf der Erhebung steht, beugt sich zu Hélène hin und sagt:
«Seien Sie doch still, kleines Mädchen!»
Durch Hélènes Beitrag ermuntert, den die Versammlung gut aufzunehmen scheint, ergreift jetzt Benga das Wort:
«Sie hat recht, Genossen. Wenn wir als Geschlagene zur Arbeit zurückgehen, haben wir das Gesicht verloren und werden nie wieder streiken können. Man zwingt uns eine Kraftprobe auf, nehmen wir sie an. Sie werden nicht wagen, uns von den Truppen wegjagen zu lassen. Das ganze Land stimmt unserem Kampf zu und unterstützt uns. Sollen wir wie artige Kinder nachgeben? Muß uns denn eine Frau zum Kampf antreiben? Ich stelle diesen Vorschlag zur Abstimmung: Wer ist für Betriebsbesetzung?»
«Es ist ein Wahnsinn, ein Verbrechen», sagt Jean.
«Abstimmen», ruft Benga.
Die Menge zögert einen Moment. Dann heben sich allmählich die Hände. Eine überwältigende Mehrheit.
«Wer ist dagegen?» ruft Benga.
Einige Hände heben sich, darunter die von Lucien und Jean.
«Ihr habt entschieden», sagt Benga. «Morgen geht jeder wieder an seinen Posten im Betrieb zurück. Wir werden die Besetzung an Ort und Stelle organisieren.»
Jean macht eine verzweifelte Geste. Er springt von der Erhebung herunter, während die Menge anfängt, sich zurückzuziehen. Er geht zu Lucien und Hélène, die ihn leicht triumphierend anlächelt:
«Nun? Gar nicht so schlecht für ein kleines Mädchen!»
«Das ist unverzeihlich», sagt Jean.
Er sieht sie hart an und mischt sich unter die Menge.
Hélène folgt der Menge an Luciens Seite. Sie ist frech, aber verlegen.
«Natürlich hast du wie Aguerra abgestimmt!»
Lucien antwortet traurig:

«Nicht wegen Aguerra. Aber siehst du, Hélène, wenn die Deutschen kommen...»

«Ja?»

«Bestimmt wird es gewaltsame Auseinandersetzungen geben. Gewaltsamen Auseinandersetzungen werde ich mich nie anschließen.»

DAS TRIBUNAL

Hélène spricht, mit traurigem und stolzem Gesichtsausdruck:

«Ihr wißt, daß er sein Wort gehalten hat. Er hat sein Leben lang jede Gewalttat abgelehnt.»

«Wir wissen es», sagt François. «Sein ganzes Leben hat er wiederholt: ‹Kein einziger Sieg ist den Verlust eines einzigen Menschenlebens wert.›»

«Dafür ist er gestorben», sagt Hélène. «Er ist gestorben, weil er bis zum Schluß saubere Hände behalten wollte. Dennoch hat er sich an der Betriebsbesetzung beteiligen wollen, weil Gefahr drohte und weil er mit Jean und mit mir zusammenbleiben wollte. Er liebte Jean.»

Zum erstenmal wendet sie sich Jean zu, als sie den letzten Satz zu Ende spricht, den sie ohne Nachdruck, mit fast erbarmungsloser Sanftheit sagt. Jean ist tief verwirrt: Er beißt die Zähne zusammen, und Tränen kommen ihm in die Augen.

Hélène wendet sich erneut den Geschworenen zu und fährt fort:

«Die ersten beiden Tage ging alles gut. Am dritten...»

Zeugenaussage von Hélène
(Zehn Jahre früher)

DIE ERDÖLFÖRDERUNGSANLAGE

Der Betrieb ist besetzt. Die Tore sind geschlossen. Streikende halten Wache. In einer Ecke des Betriebs ein langes, flaches Gebäude: das ist die Krankenstation. Hélène steht mit Lucien vor der Tür. Sie wirkt glücklich.

«Das ist großartig, Lucien. Was für eine Disziplin!»

«Den Ordnungsdienst hat Jean organisiert.»

«Natürlich. Ist er immer noch auf mich wütend, dein Jean?»

«Er hat mir nichts gesagt.»

«So!» sagt Hélène leicht enttäuscht.

Plötzlich läßt ein Schrei beide auffahren:

«Die Soldaten!»

Ein junger Arbeiter auf dem Dach eines der Gebäude zeigt mit der Hand auf den Betriebseingang: «Die Soldaten! Die Soldaten!»

Lärm, Unruhe. Männer kommen aus den Gebäuden. Andere rennen zu den Toren. Man hört Leute schreien:

«Was ist?»

«Die Soldaten!»

«Sie setzen die Truppen gegen uns ein.»

«Die Soldaten! Die Soldaten!»

Männer sind auf die Dächer geklettert, gestikulieren und schreien:

«Die Soldaten! Sie kommen von beiden Seiten!»

Die Unruhe wird allmählich zur Panik. Jean und Benga kommen aus einem Gebäude und werden sofort von einer Gruppe umringt, die jede Sekunde größer wird.

Aus der Mitte der Gruppe hört man Jeans Stimme schreien:

«Nicht alle gleichzeitig! Ruhe!»

In der Gruppe klammert sich Hélène nervös an Luciens Arm:

«Ich bin ... Ich habe ...»

«Beruhige dich, Hélène», sagt Lucien.

Jean spricht, sobald die Menge ruhig geworden ist:

«Wir haben Pech gehabt, aber niemand ist daran schuld. Jetzt

müssen wir sehen, wie wir da herauskommen. Widerstand kommt nicht in Frage: Wir haben keine Waffen, und das wäre ein sinnloses Blutbad. Aber wir dürfen auch nicht hier bleiben: Sie würden uns verhaften und uns einlochen. Stellt euch in Reihen auf! Schnell!»

Die Menge zögert, schließlich folgt sie, und alle Männer stellen sich in Dreierreihen auf.

«Die Alten an die Spitze!» schreit Jean.

Man gehorcht ihm. Er sagt weiter:

«Macht jetzt das Tor auf!»

Einige Männer gehen zum Tor und machen es weit auf.

Jean hat sich einem weißhaarigen Alten genähert, der in der ersten Reihe steht.

«Du, Alter, gehst nach vorn. Du wirst ihnen sagen, daß wir rauskommen und daß wir morgen die Arbeit wiederaufnehmen, wenn sie uns freies Geleit geben. Drei Freiwillige zu seiner Begleitung.»

Drei Männer treten aus den Reihen und laufen mit dem Alten in ihrer Mitte zum Tor. Im großen Hof des Betriebs stehen jetzt alle Arbeiter aufgereiht, Jean geht zu Lucien und Hélène.

Er lächelt Lucien an:

«Nun, Lucien? Wie geht's?»

«Jean, glaubst du, sie werden auf die Leute schießen?»

«Es steht eins zu zwei», sagt Jean und macht eine unwissende Geste.

Hélène sieht Jean grimmig an. Ihre Lippen zittern. Sie sagt mit erstickter Stimme:

«Sie triumphieren!»

Jean sieht sie eine Weile schweigend an.

«Nein, ich triumphiere nicht.»

Sie sehen sich eine Weile an, wie voneinander fasziniert. Hélène macht eine Bewegung auf ihn zu, dann wirft sie sich brüsk nach hinten und fällt weinend in Luciens Arme.

«Ich hasse ihn! Ich will ihn nicht mehr sehen!»

In dem Moment hört man einen großen Lärm und Schreie:

«Sie kommen! Sie kommen!»

Der Alte und die drei Männer, die ihn begleiten, kehren in den Betrieb zurück. Jean, Benga, Lucien und Hélène laufen ihnen entgegen.

«Sie akzeptieren. Nur haben sie den Befehl, Aguerra, Lucien Dre-

litsch und die Krankenschwester zu verhaften. Unter dieser Bedingung lassen sie uns durch.»

Murren in der protestierenden Menge. Jean hebt die Hand, um um Ruhe zu bitten.

«Sie haben den Befehl, uns zu verhaften, aber wir können ihnen entkommen: Wir werden durch die Kanalisation rausgehen. Los.»

Die Kolonne setzt sich in Bewegung und passiert das Tor. Benga ist zu Jean, Hélène und Lucien gegangen. Jean sieht ihn an und sagt:

«Worauf wartest du? Von dir haben sie nicht gesprochen.»

«Wenn ihr bleibt, will ich auch bleiben», sagt Benga.

«Bist du verrückt? Wenn wir geschnappt werden, werden die Genossen dich brauchen.»

Während die Arbeiter den Betrieb verlassen, nähern sich Jean, Hélène und Lucien dem Tor und sehen den Menschenzug auf die Truppen zugehen, die draußen Gewehr bei Fuß stehen.

Lucien wirkt besorgt.

«Glaubst du, daß das eine Falle ist?» fragt er.

«Ich weiß es nicht. So oder so war es die einzige Möglichkeit.»

Alle drei sehen schweigend dem langen Zug hinterher, und Jean sagt zwischen den Zähnen:

«Ich wäre gern zwei Minuten älter.»

Der Arbeiterzug läuft jetzt zwischen den in zwei Kolonnen aufgestellten Soldaten hindurch. Keine Reaktion seitens der Truppe.

Die Arbeiter entfernen sich. Jean packt Hélène am Arm und gibt Lucien ein Zeichen. Er wirkt überglücklich.

«Sie haben sie durchgelassen! Sie haben sie durchgelassen!»

Lucien wirkt genauso glücklich wie er. Hélène scheint nach wie vor nervös zu sein, sie ist aber erleichtert.

«Jetzt zur Kanalisation!» sagt Jean.

Er rennt los und zieht Hélène mit. Lucien rennt nebenher.

DAS TRIBUNAL

Hélène spricht:

«Wir sind durch die Kanalisation geflohen. Ich habe sie zu Suzanne mitgenommen. Dort haben wir eine Nacht verbracht, dann hat sie uns zum Bauernhof ihres Onkels mitgenommen.»

Zeugenaussage von Hélène
(Zehn Jahre früher)

EIN LANDWEG

Lucien, Hélène und Jean machen einen Spaziergang auf dem Land. Hélène geht eingehakt zwischen den beiden Männern. Hinter ihnen sieht man Suzannes Bauernhof. Man hört Hélènes Stimme:

«Jean und ich hatten uns versöhnt. Wir gingen oft zusammen spazieren, er, Lucien und ich. Suzanne blieb lieber auf dem Bauernhof.»

Hélène, Jean und Lucien rennen einen kleinen Weg hinunter, der zu einem Sturzbach führt. Sie laufen auf einem kleinen Pfad am Wasser entlang. Dann bleibt Lucien stehen.

«Hier kann man durchwaten!»

«Ist es tief?» fragt Hélène.

«Das Wasser wird uns bis zu den Knien reichen», sagt Lucien.

Hélène zieht ein Gesicht.

«Was macht das schon?» sagt Jean.

Er setzt sich hin, zieht Schuhe und Strümpfe aus, krempelt seine Hose bis zu den Knien auf. Lucien macht das gleiche.

«Es muß eiskalt sein», sagt Hélène.

«Ich werde dich tragen», sagt Lucien.

«Du? Versuch's mal.»

Hélène spricht mit zärtlicher Ironie zu Lucien, wie zu einem Bruder. Lucien nimmt sie in die Arme und hebt sie mit Mühe hoch.

«Uff!» sagt er und setzt sie wieder ab.

Hélène lacht.

«Ich glaube, ich werde allein durchwaten.»

Jean hat sich aufgerichtet, er sieht Hélène beinah hart an:

«Ich werde Sie tragen.»

«Sie?» sagt Hélène.

Sie sieht Jean leicht herausfordernd an. Jean sagt in etwas grimmigem Ton:

«Weil ich nur einen Arm habe! Das reicht. Sie können sich an meinem Hals festhalten.»

Lucien ist schon auf der anderen Seite angekommen. Hélène und

Jean sehen sich an, und in ihren Blicken liegt nicht nur Herausforderung.

«Nun? Kommt ihr?» schreit Lucien.

«Gleich», sagt Hélène.

Dann wendet sie sich an Jean:

«Worauf warten Sie?»

Sie geht auf ihn zu und legt ihre Arme um seinen Hals. Jean legt seinen linken Arm unter Hélènes Knie und hebt sie hoch, als sei sie eine Feder. Er geht ins Wasser. Er drückt sie an sich. Sie gibt leicht nach und legt den Kopf auf seine Schulter. Dann richtet sie abrupt ihren Kopf wieder auf und sieht ihn unfreundlich an. Sie hat sich geschämt, sich gehengelassen zu haben. Die Anziehungskraft, die dieser harte und starke Mann auf sie ausübt, hat sich in den Abscheu einer Jungfrau vor dem Mann verwandelt.

«Lassen Sie mich los! Lassen Sie mich los!»

Jean sieht sie ironisch und hart an.

«Sie loslassen? Ich stehe bis über die Knie im Wasser.»

Hélène fängt an zu strampeln. Jean drückt sie fest an sich. Sie boxt ihn auf die Brust und auf den Rücken.

«Lassen Sie mich los! Sie sollen mich loslassen!»

Lucien, der am anderen Ufer angekommen ist, sieht ihnen lachend zu.

«Halt sie gut fest!» schreit er. «Halt sie gut fest! Ich komme.»

Er geht ins Wasser, aber Jean läßt Hélène, die sich weiter wehrt, nicht los, läuft schneller und erreicht das andere Ufer. Er setzt Hélène ab.

Sie entfernt sich einige Schritte und sagt barsch:

«Ich hasse es, getragen zu werden.»

Die beiden Männer ziehen sich die Schuhe wieder an, dann setzen sie ihren Spaziergang mit Hélène fort und klettern einen Hügel hinauf. Oben angekommen setzen sie sich hin und betrachten die Landschaft. Im Hintergrund, ganz weit weg sehen sie die Dunstglocke der Stadt, die Betriebe und die Bohrtürme. Man hört Hélènes Stimme:

«Es war stärker als ich. Ich mußte ihn ständig herausfordern.»

Hélène sitzt zwischen Jean und Lucien und beobachtet Jean mit leichtem Groll, dann sagt sie ironisch:

«Sie sind also nicht nur mutig, sondern auch kräftig?»

«Er ist bärenstark», sagt Lucien.

«Ein richtiger Mann, was?» sagt Hélène auflachend. «Warum sind Sie dann für eine Politik der Resignation?»

Jean sieht sie traurig an und antwortet langsam, beinah widerwillig:

«Ich bin nicht für eine Politik der Resignation.»

«Sie sind gegen Streiks.»

«Im Moment, ja», sagt Jean. «Und gegen Sabotage. Sie haben ja gesehen, wozu das geführt hat. Nicht Schoelcher und seine Lakaien müssen angegriffen werden. Sie sind zu stark, und die Regierung unterstützt sie mit ihrer Polizei und Armee. Sie können uns aus den Betrieben jagen und uns vernichten.»

«Also was?» fragt Hélène.

Jean antwortet nicht direkt auf Hélène. Er wendet sich an Lucien.

«Eben darüber wollte ich mit dir reden, Lucien.»

«Bin ich zuviel?» sagt Hélène beleidigt.

Jean merkt ihre Verärgerung nicht. Er sagt gleichgültig:

«Aber nein. Bleiben Sie.»

Dann wendet er sich erneut an Lucien.

«Lucien, die Zeit ist gekommen, die Politik zu ändern. Die Löhne sind miserabel. Die Bauern verschulden sich, um zu überleben. Die Städte sind schlecht versorgt. Wir befinden uns in einer revolutionären Situation. In fünf Jahren, in zehn Jahren wird sich die Gelegenheit bieten. Nicht mehr gegen Schoelcher wird man kämpfen müssen, sondern gegen unsere eigene Regierung.»

«Und?» fragt Lucien.

Er klopft mit einem Stock auf seine Schuhe. Er wirkt besorgt und nachdenklich, als wüßte er, was jetzt kommt, und habe Angst davor.

Beim Sprechen wird Jean zunehmend munterer und aufgeregter. Hélène, die ihren Trotz von vorhin vergessen hat, hört ihm zu, ohne ihn aus den Augen zu verlieren:

«Also die Taktik muß geändert werden», sagt Jean. «Keine Streiks mehr. Keine Unruhen mehr im Betrieb. Aber ein Zentralkomitee, das eine konspirative revolutionäre Partei leitet mit Zellen in allen Betrieben. Wir bauen eine Maschine, verstehst du? Eine gewaltige Maschine, die in der Lage sein soll, zum gegebenen Zeitpunkt sowohl den Generalstreik wie die bewaffnete Revolution zu organisieren. Benga und Torlitz werden übermorgen kommen, um darüber zu

sprechen. In etwa zwei Wochen werde ich wieder in die Stadt zurückkönnen und mit der Arbeit beginnen. Einverstanden?»

Lucien peitscht weiter auf seine Schuhe ein, ohne zu antworten. Jean scheint überrascht. Er wiederholt:

«Einverstanden?»

Lucien schweigt.

«Was gefällt dir denn nicht?» fragt Jean.

Lucien hebt den Kopf. Er wirkt tiefbetrübt und spricht zögernd:

«Jean, ich... Ich kann mich euch nicht anschließen.»

«Aber warum denn nicht, Brüderchen?»

«Weißt du, was dein Plan bedeutet?» sagt Lucien. «Tausende von Toten auf beiden Seiten. Ich... ich werde nie den Gedanken ertragen können, für diese Toten verantwortlich zu sein. Ich... ich hasse Gewalt, Jean.»

«Mit den Streiks warst du aber einverstanden.»

«Die Streiks waren passiver Widerstand. Es hat nie Tote gegeben. Und außerdem war ich gegen die Betriebsbesetzung.»

Jean zeigt auf die Stadt und die Betriebe, die man in der Ferne erkennt.

«Sieh, Lucien. Dahinten sind Tausende Arbeiter zum Elend verurteilt. Sind sie nicht auch Opfer der Gewalt? Und wenn du nicht gegen diese Gewalt kämpfst, bist du dann nicht ein Komplize?»

«Ich will sie ja bekämpfen, aber auf meine Weise. Ich bin kein Kämpfer, ich schreibe. Ich will sie mit meiner Feder angreifen.»

Jean lacht hämisch und leicht gereizt.

«Das heißt, du willst dir die Hände nicht schmutzig machen!»

Lucien sieht ihn traurig an, ohne zu antworten. Verzweifelt wendet sich Jean an Hélène:

«Sagen Sie es ihm doch! Finden Sie nicht, daß er unrecht hat?»

Hélène sieht sie beide an, sie will reden, aber sie schweigt. Sie sieht noch einmal Jean an, dann dreht sie sich zögernd zu Lucien um. Schließlich senkt sie den Kopf und spricht leise vor sich hin:

«Ich weiß nicht.»

Jean steht plötzlich wütend auf:

«Ihr seid Idioten!»

Er geht weg. Hélène sieht Lucien zärtlich an. Dieser fängt an zu reden, als wolle er Jean überzeugen:

«Das stimmt. Ich möchte so gern rein bleiben. Kann man sie nicht

verteidigen, ohne sich die Hände schmutzig zu machen? Muß unbedingt Blut fließen? Ich möchte... Ich möchte das tun, was richtig ist.»

«Aber was ist richtig?» sagt Hélène.

Sie legt den Arm um Luciens Schulter.

«Du bist so zerbrechlich.»

Jean kommt zu ihnen zurück. Er ist beruhigt und schämt sich wegen seines Wutanfalls. Er setzt sich wieder an seinen Platz und lächelt Lucien zu, der ihm zulächelt:

«Hör zu. Zugegeben, ich bin leicht aufbrausend. Aber ich mache dir einen Vorschlag. Sicher, bei diesen Geschichten muß man sich die Hände schmutzig machen. Du hast recht. Es gibt aber eine Grenze. Auch ich mag Gewalt nicht. Wenn ich mir vorstellen müßte, daß eines Tages Blut bis zum Ellbogen an mir kleben würde...»

Er sieht Lucien beinah flehentlich an und fährt fort:

«Mach bei uns mit, Lucien. Ich will nur eins von dir: Wenn wir ungerechte oder blutige Mittel verwenden, mußt du uns sagen: ‹Hört auf.› Nur du kannst es tun, weil du rein bist.»

Hélène hat wieder ihr ironisches Gesicht, ist aber gerührt:

«Anders gesagt, er wird euer Gewissen sein?»

«Wenn Sie so wollen. Bist du einverstanden, Lucien?»

Lucien sieht Jean erleichtert an:

«So bin ich einverstanden!»

Über Hélènes Knie hinweg streckt Jean Lucien seine Hand entgegen.

«Also, abgemacht?»

Lucien ergreift Jeans Hand.

«Abgemacht.»

Hélène sieht fasziniert auf die beiden Hände, die fast auf ihren Knien liegen. Luciens Hand ist blaß, schmal und zart. Jeans Hand ist schwer, knotig und bis zum Handgelenk behaart, mit dicken, kräftigen Fingern.

«Gib auch du deine Hand, Hélène», sagt Lucien.

Hélène streckt ihre Hand aus und legt sie auf die von Jean, dann zieht sie sie brüsk zurück, ergreift Luciens Hand und drückt sie.

Hélène spricht wie für sich selbst:

«Ich liebte sie beide, Jean machte mir aber angst: Er war zu hart, seine Gegenwart erdrückte mich. Er spürte es, er dachte, ich lehne ihn ab, und da er wußte, daß mich Lucien liebte, hat er nie etwas gesagt. Ich liebte Lucien zärtlich, und ich war bereit, seine Frau zu werden. Am Hochzeitsabend...»

Zeugenaussage von Hélène

(Zehn Jahre früher)

SUZANNES BAUERNHOF

Suzanne, Hélène, Jean und Lucien sitzen am Feuer. Es ist die Szene, die bereits Suzanne erzählt hat, aber so, wie Hélène sie sieht.

Jean trommelt auf die Armlehne seines Stuhls. Hélène steht auf. Sie sieht ihn aufgewühlt an. Sie geht zu ihm hin, legt eine Hand auf seine Schulter, besinnt sich aber, zieht sie zurück und sagt fast schüchtern:

«Auf Wiedersehen, Jean...»

Jean antwortet, ohne aufzublicken:

«Auf Wiedersehen.»

Lucien geht jetzt ebenfalls zu ihm hin. Er legt eine Hand auf Jeans Schulter.

«Auf Wiedersehen.»

Jean blickt auf und lächelt Lucien zu:

«Auf Wiedersehen, Brüderchen.»

Suzanne beobachtet die Szene angespannt, als sitze sie auf der Lauer.

Lucien und Hélène gehen die Treppe hinauf. Auf halber Höhe bleibt Hélène mit einem leidenden Gesicht stehen:

«Was hast du?» fragt Lucien.

«Nichts. Komm.»

Hélène geht weiter; als sie auf dem Flur ankommen, hält Lucien Hélène lächelnd an, aber mit einer Art Besorgnis in den Augen.

«Hélène, sag mir jetzt sofort: Warum liebst du mich?»

Hélène lacht verlegen und protestiert:

«Aber Lucien, doch nicht auf dem Flur.»

«Sag es mir jetzt.»

Hélène lacht etwas, faßt ihm ans Kinn und sagt wie für sich selbst:

«Weil du ein Engel bist.»

«Ich glaube, ich könnte niemanden lieben, der nur ein Engel ist», sagt Lucien.

Beide gehen in ihr Zimmer.

DER NÄCHSTE MORGEN
HÉLÈNES UND LUCIENS ZIMMER

Hélène macht die Tür auf, um hinauszugehen. Sie wirkt fröhlich, fast kämpferisch. Sie ruft Lucien.

«Na, komm doch!»

Lucien geht zu ihr hin, er wirkt verlegen.

«Weißt du, es stört mich, zu ihnen runterzugehen: Wir wirken idiotisch.»

«So ist das bei jeder Hochzeit.»

Hélène nimmt Lucien an der Hand. Sie steigen die Treppe hinunter. Unten im Zimmer warten Suzanne und Jean lächelnd auf sie. Hélène läuft beinah provozierend vor Lucien her, der sich offensichtlich unwohl fühlt. Suzanne lächelt triumphierend und fragt:

«Gut geschlafen?»

«Ja, und du?» sagt Hélène.

«Wir haben zusammen geschlafen», sagt Jean.

Er lächelt auch, wirkt aber provozierend und ziemlich finster. Lucien ist über die Nachricht entzückt. Er geht lachend auf Jean zu:

«Wirklich? Ihr... ihr auch? Dann wirken wir nicht mehr so lächerlich.»

Jean hat Hélène nicht aus den Augen verloren.

«Ihr habt uns auf den Gedanken gebracht»

Hélène lächelt nicht mehr. Wie vor Bestürzung gelähmt sieht sie Jean an.

Hélène sieht Jean genauso bestürzt wie auf dem Bauernhof an. Jean läßt den Kopf hängen und starrt auf seine Füße. Hélène sieht wieder auf die Geschworenen und erzählt weiter:

«Und das Leben ist weitergegangen. Wir sind in die Stadt zurückgekehrt. Jean hat mit der Organisierung des Untergrundkampfs begonnen. Es gab ein Komitee. Ihr habt es alle gekannt, ohne seine Mitglieder zu kennen. Von diesem Komitee stammten die Anweisungen, und das Komitee ist es gewesen, das die Revolution organisiert hat. Jean und Lucien gehörten ihm an; auch Benga. Auch ich. Es gab drei weitere Genossen, die tot sind: Barrère, Delpech und Langeais. Die Treffen fanden bei Suzanne und Jean statt.»

Zeugenaussage von Hélène

(Acht Jahre früher)

EINE STRASSE

Lucien und Hélène gehen Arm in Arm. Lucien biegt in eine Seitenstraße ein. Hélène scheint erstaunt:

«Wohin gehst du?»

«Ich habe eine Verabredung mit Carlier. Er soll mir Loubicks Bericht über den Stand im Süden bringen.»

«Wo wartet er auf dich?»

«Vor dem Schuhverkäufer in der Ferdinandstraße.»

«Das ist idiotisch», sagt Hélène. «Der Ort wird beobachtet.»

«Ich weiß», sagt Lucien. «Benga hat den Treffpunkt ausgemacht.»

Lucien und Hélène gehen weiter. Vor ihnen ein junger Mann, der einen kleinen Koffer trägt und so tut, als sehe er sich das Schaufenster eines Schuhladens an. Auf der anderen Straßenseite beobachten ihn zwei Männer unauffällig.

Lucien sieht die beiden Männer. Er packt Hélène am Arm und zwingt sie, vor dem Schaufenster eines Juweliers stehenzubleiben.

«Da sind zwei Bullen, die beobachten die Ecke.»

«Bist du sicher?»

«Völlig», sagt Lucien. «Man müßte den Genossen warnen.»

In dem Moment überqueren die beiden Polizisten die Straße und nähern sich dem Mann mit dem kleinen Koffer. Dieser sieht sie im Spiegel des Schaufensters und rennt plötzlich, so schnell er kann, los. Einer der Polizisten schießt. Der junge Mann fällt, er läßt seinen Koffer los, der beim Fallen aufgeht und aus dem Papiere herausfliegen.

Lucien und Hélène haben sich nicht gerührt, sie drehen den Kopf zu dem niedergeschossenen Mann hin. Hélène macht eine Bewegung, als wolle sie zu ihm hin. Lucien hält sie zurück:

«Rühr dich nicht. Wir müssen sofort das Komitee verständigen.»

BEI SUZANNE

Jean, Barrère, Delpech und Langeais stehen und reden miteinander. Sie wirken hart und besorgt. An der Tür wird geklopft:

«Wer ist da?» sagt Jean.

«Wir sind es!» sagt Lucien.

Jean macht die Tür auf. Lucien und Hélène kommen atemlos und erschüttert herein.

«Sie haben den Verbindungsmann erledigt!» sagt Lucien.

«Verdammt!»

«Er hat versucht abzuhauen, als er sie gesehen hat», sagt Hélène, «sie haben ihn aber abgeknallt. Gerade, als wir ankamen.»

«Haben sie euch nicht gesehen?» fragt Barrère.

«Ich habe sie rechtzeitig bemerkt», sagt Lucien. «Zehn Sekunden später und sie hätten auch uns erwischt.»

Delpech hat sich mit finsterer Miene hingesetzt.

«Das sind allerhand Pannen in zwei Monaten. Es muß undichte Stellen geben.»

«War es nicht Benga, der den Treffpunkt ausgemacht hat?»

«Ja», sagt Lucien. «Er war es.»

Jean macht eine wütende Bewegung:

«Diesmal scheint mir der Fall klar zu sein. Hört zu: Vor zwei Jahren, als die Armee den Betrieb besetzt hat, haben sie Benga nicht

verhaftet. Als wir bei Suzanne versteckt waren, hat uns allein Benga besucht: zwei Wochen später hat die Polizei die Wohnung durchsucht. Wir waren am Tag vorher weggegangen. Und seit zwei Monaten ist es der dritte Verbindungsmann, der bei einer von Benga ausgemachten Verabredung hochgeht. Und da ist noch was anderes: Neulich hat Barrère auf Bengas Tisch den kleinen Zettel eines sogenannten Launay gefunden, der sich bei ihm für kostbare Informationen bedankte, die er ihm gegeben hatte. Schlußfolgerung? Schuldig?»

Jean sieht seine Genossen fragend an. Langeais und Delpech nikken «Ja». Delpech zündet sich seine Pfeife an und sagt ruhig:

«Schuldig, ich hatte es mir gedacht.»

Jean wendet sich an Hélène:

«Und du, Hélène?»

«Ich weiß nicht. Ich glaube, er ist schuldig.»

Lucien wirkt aufgeregt, plötzlich bricht es aus ihm heraus:

«Ihr könnt doch nicht! ... Ihr könnt doch nicht über einen Menschen in seiner Abwesenheit richten. Gebt ihm die Möglichkeit, sich zu verteidigen.»

«Unmöglich», sagt Jean. «Wenn wir ihn hier verhören und er schuldig ist, können wir ihn nicht wieder laufenlassen, weil er direkt zu den Bullen gehen wird. Und es ist zu gefährlich, ihn hier zu liquidieren.»

«Wartet etwas», sagt Lucien mit fast flehender Stimme. «Zwingen wir ihn, sich unter Ausschluß jedes Irrtums zu demaskieren.»

Jean redet mit schneidender Stimme:

«Ich glaube, wir wissen Bescheid. Das Schicksal der ganzen Partei steht auf dem Spiel. Wer ist für die sofortige Vollstreckung?»

Langeais, Barrère, Delpech und Jean heben die Hand. Hélène und Lucien haben sich nicht gerührt.

«Vier von sechs Stimmen», sagt Jean.

«Und wenn er unschuldig ist?» sagt Lucien.

Jean zuckt die Achseln. Kurzes Schweigen. Dann redet Jean wieder.

«Es tut mir leid, aber einer von uns muß diese unangenehme Aufgabe übernehmen. Wer?»

Schweigen.

«Lassen wir das Los entscheiden», sagt Jean. «Mit Ausnahme von Hélène natürlich. Und was Lucien betrifft ...»

Hélène unterbricht ihn empört:

«Auch er muß ziehen. Wir könnten nicht mehr mit euch zusammenarbeiten, wenn wir nicht euer volles Vertrauen hätten.»

«Er ist gegen die Vollstreckung», sagt Jean.

«Das Komitee hat abgestimmt. Dem hat er sich zu beugen.»

«Gut.»

Jean zerreißt ein Blatt Papier in fünf Stücke. Auf eines von ihnen zeichnet er mit dem Bleistift ein Kreuz. Er faltet die Papiere zusammen und legt sie in eine Tasse:

«Vier Lose sind weiß. Das fünfte trägt ein Kreuz: Wer das Kreuz zieht, ist dran.»

Jean stellt die Tasse auf den Tisch. Delpech streckt die Hand aus und nimmt ein Papier, das er nervös auseinanderfaltet. Er breitet es glatt auf den Tisch aus:

«Weiß.»

Jean und Lucien ziehen gleichzeitig. Lucien faltet sein Los schneller als Jean auseinander und sagt mit tonloser Stimme:

«Wir brauchen nicht weiterzumachen.»

Er wirft seinen Zettel auf den Tisch, Hélène hebt ihn auf und zeigt ihn den anderen: Es ist das Papier mit dem Kreuz. Hélènes Hände zittern. Luciens Gesicht ist angespannt. Er sagt:

«Ich gehe frische Luft schnappen.»

Lucien geht auf die Tür zu. Jean will ihm die Hand drücken, aber Lucien sieht ihn nicht oder tut so, als sähe er ihn nicht. Er macht die Tür auf. In dem Moment macht Suzanne die andere Tür auf, die der Wäschekammer. Jean dreht sich zu ihr um und sagt nur:

«Kein Bier.»

BEI HÉLÈNE UND LUCIEN

Eine bescheidene Einrichtung, allerdings komfortabler als bei Suzanne und Jean. Es ist Nacht. Lucien sitzt am Tisch, auf die Ellbogen gestützt, mit dem Kinn in den Händen, er wirkt verschlossen. Hinter ihm holt Hélène sehr blaß einen in einen Lappen eingewickelten Revolver aus der Schublade eines Sekretärs. Sie geht zu Lucien, der sie mit unbeweglichem Gesicht ansieht. Er sagt:

«Nicht nötig.»

Hélène bleibt neben ihm stehen, offenbar ohne zu verstehen.

Lucien wiederholt:

«Nicht nötig. Ich werde es nicht tun.»

Er steht auf, nimmt den Revolver aus Hélènes Händen und legt ihn in die Schublade. Dann kehrt er zu Hélène zurück und faßt sie an den Schultern. Sein Gesicht wirkt gequält.

«Ich bin kein Feigling, Hélène. Ich will nicht, daß du mich für einen Feigling hältst.»

«Ich weiß, daß du kein Feigling bist», sagt Hélène zärtlich.

«Du ahnst nicht, wieviel Mut es mich kostet... Morgen gebe ich meinen Austritt bekannt.»

«Aber du warst doch einverstanden», sagt Hélène erschüttert.

«Ich hatte nicht lange genug nachgedacht. Ich will nicht... Ich kann nicht auf einen schießen, der vielleicht unschuldig ist.»

«Dir ist lieber, daß die ganze Organisation denunziert wird?»

Lucien geht einige Schritte, dann läßt er sich in seinen Stuhl fallen.

«Ich weiß nicht... Ich weiß, daß ich Benga nicht töten werde.»

Hélène will protestieren. Lucien schneidet ihr das Wort ab:

«Mit welchen Augen sollte ich mich ansehen, Hélène, wenn ich diesen Mann umbringen würde, und er wäre unschuldig?»

Hélène sieht ihn beinah hart an:

«Mit welchen Augen wirst du dich ansehen, wenn Jean morgen verhaftet wird?»

Lucien steht auf und geht wortlos hinaus. Als Hélène allein ist, geht sie zum Sekretär und holt den Revolver heraus.

DAS TRIBUNAL

Hélène zu den Geschworenen:

«An diesem Tag bin ich bei Jean gewesen. Ich wollte Benga selbst erschießen. Jean hat es nicht gewollt. Er hat für Lucien Benga getötet.»

Von ihrem Platz aus fährt Suzanne dazwischen:

«Weil er ihn beseitigen wollte. Und wenn Lucien ausgetreten wäre, wärst du auch ausgetreten. Jean wollte dich in seiner Nähe behalten.»

Erschüttert und angewidert sieht Hélène Suzanne an.

Sie will antworten, aber Jean kommt ihr zuvor:

«Hélène! Es lohnt sich nicht, auf sie einzugehen.»

Kurzes Schweigen. François gibt Hélène ein Zeichen:

«Fahren Sie fort.»

«Am nächsten Tag, sagt Hélène, «hat man Benga tot auf einer Landstraße aufgefunden. Und etwa zwei Wochen später...»

Zeugenaussage von Hélène

(Acht Jahre früher)

BEI SUZANNE

Das Komitee ist versammelt. Alle hören mit bestürzten Gesichtern Delpech zu, der gerade zu Ende redet:

«...Und was diesen Launay angeht, der sich bei ihm bedankte, das ist ein belgischer Wirtschaftswissenschaftler. Benga schickte ihm Informationen über die Erdölarbeiterlöhne zu.»

«Was?» sagte Langeais. «Er war unschuldig?»

Delpech nickt. Alle schweigen eine Weile. Lucien sieht mit schmerzlicher Empörung zu dem ungerührten Jean hin, der sich mit seiner gesunden Hand eine Zigarette dreht.

«Wir...« stammelt Lucien. «Wir sind...»

«Es besteht kein Anlaß, zu bereuen, was wir getan haben», sagt Jean und sieht Lucien in die Augen. Dann wendet er sich den anderen zu:

«Auf Grund unserer Informationen und der Gefahr, die uns drohte, gab es nichts anderes zu tun, und wir hätten uns schuldig gemacht, hätten wir anders gehandelt. Benga ist im Kampf gefallen. Seid ihr einverstanden, daß wir die Sache ad acta legen?»

«Einverstanden», sagt Barrère.

«Einverstanden», sagt Delpech.

Langeais nickt zustimmend. Jean fragt:

«Hélène?»

Hélène zögert lange, sieht Jean in die Augen. Sie will etwas sagen, dann besinnt sie sich und sagt schließlich:

«Einverstanden.»

«Gut», sagt Jean. «Eine Frage bleibt noch offen: Wer hat unseren Verbindungsmann denunziert?»

Während er spricht, sieht der plötzlich gealterte und verhärtete Lucien Jean an, halb bestürzt, halb niedergeschlagen, als dächte er: «Soweit ist es mit ihm gekommen!»

DAS TRIBUNAL

Hélène setzt ihre Aussage fort:

«Von dem Tag an ist zwischen ihnen etwas zerbrochen. Sie sahen sich weiter, aber ich hatte den Eindruck, daß jeder dem anderen etwas nachtrug.»

Während Hélène spricht, hört man draußen immer heftigeren Lärm, schließlich übertönt ein riesiger Krach Hélènes Stimme. Man hört Leute schreien: «Umbringen! Umbringen!», der ganze Saal dreht sich zur hinteren Tür um, die plötzlich aufgeht. Etwa hundert bewaffnete Aufständische erscheinen, sie brüllen Jean entgegen: «Umbringen! Umbringen!» François versucht auf sie zuzugehen, aber die Menge verstopft die Gänge.

«Was wollt ihr?» schreit François. «Räumt den Saal!»

Ein riesiger Kerl mit einem Frauenfederhut brüllt mit ganzer Kraft:

«Wir wollen den Kopf des Tyrannen.»

«Wir sind dabei, über ihn zu richten. Das hier ist ein Tribunal. Ich fordere euch auf, entweder still zu sein oder den Saal zu verlassen.»

Dann beugt sich François zu Darieu:

«Lauf los und hol Verstärkung, sonst endet das hier schlecht.»

Darieu nickt und geht unter dem Geschrei der Menge hinaus.

«Ein Urteil ist nicht nötig!» schreit ein Aufständischer. «Soviel ist er nicht wert. Bringt ihn gleich um!»

«Wenn ihr ihn töten wollt», schreit François, «müßt ihr über meine Leiche gehen. Ich befehle euch nochmals, den Saal zu verlassen.»

Das Geschrei fängt genauso laut wieder an.

Die Zuhörerschaft wird von der Raserei der Neuankömmlinge angesteckt. Von allen Seiten wird geschrien:

«Sie haben recht!»

«Hängt ihn auf!»

«Wir pfeifen auf den Prozeß!»

«Schluß mit dem Geschwätz!»

Der Aufständische mit dem Frauenhut brüllt François an:

«Du hast uns keine Befehle zu geben. Liefere uns den Tyrannen aus!»

Dann schwingt er mit einer großen Gebärde sein Gewehr:

«Laßt uns durch, Genossen, wir holen ihn!»

Die Menge versucht, zur Seite zu gehen, um die bewaffneten Aufständischen durchzulassen, die sich mit Mühe zum Podest vorwärtsschieben. Manche Geschworenen sind aufgestanden. Suzanne sieht triumphierend die niedergeschlagen wirkende Hélène an. Der Aufständische mit dem Frauenhut ist nur noch wenige Meter vom Podest entfernt. In einem Augenblick relativer Ruhe steht Jean auf und sagt zu den Aufständischen:

«Ihr wollt aus mir einen Märtyrer machen?»

Man schreit ihm zu:

«Schnauze! Verräter! Bringt ihn zum Schweigen!»

Jean steht auf. Er geht an den für die Zeugen reservierten Platz, gegenüber den Aufständischen und Zuhörern.

«Glaubt ihr, ich habe Angst zu sterben? Fragt die hier, ob ich mich verteidige.»

Der Aufständische mit dem Frauenhut steht wenige Meter von Jean entfernt. Er legt das Gewehr auf ihn an. Die Menge geht beiseite. Jean rührt sich nicht.

«Schieß doch!» sagt er. «In den Augen der ganzen Welt werdet ihr mich ermordet haben, und ich werde zufrieden sterben.»

Der Aufständische zögert. François nutzt das aus, um ihm das Gewehr abzunehmen. Dann sagt er:

«Er hat recht. Du ahnst nicht, wie sehr du uns schaden würdest, Genosse. Wir wollen ihn nicht retten, sondern in einem ordentlichen Verfahren verurteilen.»

Ein Zögern in der Menge. Von beiden Seiten des Podests kommen von Darieu geführte Wachen, die sich zwischen Jean und die Protestierer stellen. Diese verstehen, daß sie ihre Chance verpaßt haben. Sie werden still und ziehen sich langsam zurück. Der Aufständische mit dem Frauenhut grummelt zu François hin:

«Gib mir mein Gewehr zurück!»

François gibt es ihm. Der Aufständische klopft auf sein Gewehr und sagt drohend:

«Versucht ja nicht, ihn freizusprechen, noch haben wir unsere Waffen.»

Er verläßt den Saal hinter den übrigen Protestierern. Die von Darieu mitgebrachten Wachen stellen sich zu beiden Seiten des Podests auf. François und Jean stehen einige Meter voneinander entfernt.

«Danke», sagt François.

Dann fügt er nach einer kurzen Pause hinzu:

«Ich dachte, du wolltest dich ermorden lassen?»

«Ich habe es mir anders überlegt.»

Jean kehrt wieder zum Podest zurück, in den für die Zeugen reservierten Raum. Er geht auf den Anwalt zu, der ihn erschrocken ansieht, und sagt laut:

«Befreit mich von diesem Miststück! Ich werde mich selbst verteidigen.»

François und Darieu tauschen einen Blick aus: Sie scheinen erleichtert zu sein.

«Gut», sagt François.

Dann gibt er Hélène ein Zeichen:

«Machen Sie weiter.»

Hélène stellt sich wieder vor die Geschworenen hin. Sie scheint bewegt und müde zu sein und spricht mit leiserer Stimme:

«Danach kam die Revolution. Jean hat mich als Sekretärin genommen. Lucien hatte er die Zeitung *La Lumière* anvertraut. Anfangs ist alles gutgegangen, aber nach einigen Monaten...»

Zeugenaussage von Hélène
(Sechs Jahre früher)

JEANS ARBEITSZIMMER IM PALAST

Neben dem großen, massiven Schreibtisch sitzt Hélène an einem kleinen Tisch. Lucien steht vor dem Schreibtisch. Jean läuft hin und her mit einem Stapel Zeitungen in der Hand. Er bemüht sich, seine Stimme freundlich klingen zu lassen, man spürt aber, daß er sehr verärgert ist:

«So kann das nicht mehr weitergehen, mein Kleiner. Du fällst mir auf die Nerven. Ich habe dich hundertmal darum gebeten, nicht mehr davon zu reden. Warum schreibst du diese Artikel?»

«Weil ich sie für richtig halte.»

«Das ist zu früh! Das ist zu früh!»

«Es ist nie zu früh, die Wahrheit zu sagen.»

Jean zuckt gereizt die Achseln. Lucien fährt fort:

«Ich habe dir vertraut, Jean. Alle haben dir vertraut. Aber heute verstehen wir nicht mehr. Du hast das Erdöl nicht verstaatlicht. Du hast keine Verfassunggebende Versammlung wählen lassen. Die Presse ist nicht frei. Für all das hatten sie die Revolution gemacht.»

«Wenn sie eine Verfassunggebende Versammlung wählen», sagt Jean, «wird ihr erstes Gesetz die Verstaatlichung des Erdöls sein.»

«Genau das will das ganze Land», sagt Lucien. «Warum tust du es nicht?»

«Wir würden Krieg riskieren. Es ist zu früh!»

Lucien macht eine ungeduldige Gebärde:

«Zu früh für die Verfassunggebende Versammlung! Zu früh für das Erdöl! Zu früh für eine freie Presse! Aber Jean! Du willst doch nicht gegen das ganze Land regieren?»

«Warum nicht?» sagt Jean streitsüchtig.

«Dann rechne nicht mit meiner Unterstützung.»

Lucien verläßt eilig das Arbeitszimmer. Jean sieht ihn weggehen, zuckt die Achseln und läßt sich niedergeschlagen auf einen Stuhl fallen:

«Könnte er mir nicht helfen! Muß ich alles allein tun? Hélène, ich möchte, daß er ihnen erklärt...»

«Was?»

«Daß es zu früh ist!»

«Du weißt doch, daß er das nicht tun wird», sagt Hélène.

«Ja, ich weiß es. Aber – verdammt! Bin ich der Chef, ja oder nein?»

EINE ROTATIONSMASCHINE, DIE ZEITUNGEN AUSSPUCKT

Fette Überschriften:

DIE ERDÖLFRAGE.
WANN WIRD GEWÄHLT?
WIEDER DAS ERDÖL.
ERDÖL UND DEMOKRATIE.

Während die Zeitungen eine nach der anderen herauskommen, hört man Hélènes Stimme sagen:

«Lucien hat nicht nachgegeben. Jean war nach wie vor auf ihn wütend, traute sich aber nicht, etwas zu unternehmen. Um diese Zeit herum hat er angefangen zu trinken.»

JEANS ARBEITSZIMMER IM PALAST

Jean liest an seinem Schreibtisch eine Ausgabe von La Lumière. *Er wirkt düster und wütend.*

Er gibt dem Kammerdiener ein Zeichen:

«Whisky.»

Der Kammerdiener gießt ihm ein, und Jean trinkt.

Jean steht in Uniform da:

«Whisky.»

Der Kammerdiener gießt ihm ein, und Jean trinkt.

Im selben Arbeitszimmer sieht man, wie Jean zu unterschiedlichen Zeiten und unterschiedlich gekleidet «Whisky!» verlangt und trinkt.

Jean in Galauniform steht mit einem Glas in der Hand von seinem Schreibtisch auf. Er läuft gerade, aber man spürt, daß er sich nicht in seinem normalen Zustand befindet. Er geht auf Hélène zu, bleibt vor ihr stehen und knallt das Glas auf ihren Tisch. Er sieht sie intensiv an. Er will sie offensichtlich um Hilfe bitten, aber er sagt nichts. Hélène wendet verlegen den Kopf ab. Jean fragt schließlich:

«Willst du einen Whisky?»

«Nein.»

«Warum trinkst du nicht?»

Hélène fragt ihn traurig mit tief besorgter Zärtlichkeit:

«Und du, Jean? Warum trinkst du?»

Jean antwortet nicht, er lacht nur bitter und maliziös auf. Dann wird er plötzlich wieder ernst und sagt fast boshaft:

«Wenn dein Mann so weitermacht, werde ich ihn einlochen lassen, verstehst du?»

DAS TRIBUNAL

Hélène spricht zu den Geschworenen:

«Lucien hat so weitergemacht. Als Jean die Erlasse zur Industrialisierung der Landwirtschaft beschlossen hatte, kam Lucien von einer Umfrage auf dem Land zurück. Er war entschieden dagegen...»

Zeugenaussage von Hélène
(Drei Jahre früher)

BEI HÉLÈNE UND LUCIEN

Lucien schreibt an seinem Schreibtisch. Hélène nähert sich ihm und liest über seine Schulter. Sie macht eine Bewegung:

«Lucien! Du kannst doch nicht!»

«Wieso? Die Erlasse sind ungerecht und tyrannisch: Das muß gesagt werden.»

«Du willst diesen Artikel herausbringen?»

«Schon morgen.»

«Das wird einen Aufstand auslösen.»

«Das hängt von Jean ab», sagt Lucien.

Hélène fängt an hin und her zu laufen. Lucien sieht sie zärtlich und traurig an und schreibt weiter.

«Erinnerst du dich an Benga?» frage Hélène plötzlich.

«Ja, warum?»

«Wir hatten zu früh gehandelt, er war unschuldig.»

«Ich sehe keinen Zusammenhang.»

«Du entscheidest zu früh», sagt Hélène. «Jean hat seine Gründe, vielleicht weißt du nicht alles. Gib ihm eine Chance.»

Lucien senkt die Augen, dann sieht er auf Hélène. Schließlich zuckt er die Achseln und zerreißt die Blätter, die vor ihm liegen:

«Ich werde warten. Wenn aber die Geschichte eine schlechte Wende nimmt...»

«Wirst du tun, was du willst», sagt Hélène müde und resigniert.

EIN DORF

Zwei Häuser in Flammen. Man sieht Soldaten eine lange Kolonne gefangengenommener Bauern abführen. Gleichzeitig hört man Hélènes Stimme sagen:

«Die Geschichte hat eine sehr schlechte Wende genommen. Eine sehr, sehr schlechte Wende...»

JEANS ARBEITSZIMMER IM PALAST

Hélène arbeitet an ihrem Tisch. Jean an seinem. Ein Amtsdiener führt Lucien herein. Hélène sieht ihn verzweifelt an. Jean hebt nicht einmal den Kopf. Lucien geht langsam durch das Zimmer und stellt sich vor Jean hin, der endlich bereit ist, ihn anzusehen.

«Du weißt, warum ich dich hierhergerufen habe?»

«Ja.»

«Du wirst diesen Artikel nicht schreiben», sagt Jean. «Du wirst nicht öffentlich die Strafmaßnahmen kritisieren, die zu treffen ich gezwungen war. Deine Zeitung ist die einzige, die nicht durch die Zensur geht. Das ist ein Vertrauensbeweis, den ich dir gegeben habe. Du kannst nicht zum kritischsten Zeitpunkt diesen Artikel veröffentlichen. Diese Schlacht kann ich gewinnen oder verlieren, ich

weiß es nicht. Aber ich weiß, daß ich sie verliere, wenn du diesen Artikel schreibst.»

Lucien antwortet nicht. Jean fragt ihn mit zurückgehaltener Wut:

«Bist du nicht mehr mein Freund?»

«Ich bin nach wie vor dein Freund. Erinnerst du dich, weshalb ich in das Komitee eingetreten bin? Um euch rechtzeitig zu bremsen, wenn ihr unnötig Gewalt anwendet.»

«Dann sag es mir doch! Versuch mich zu bremsen, aber schreibe nicht!»

«Ach! Jean! Ich habe es dir gesagt. Du willst mich ja nicht anhören.»

Jean steht auf. Er geht einige Schritte und bleibt vor Hélène stehen.

«Hélène!»

Hélène zittert und strafft sich.

«Hélène, sag es ihm! Sag ihm, daß er unsere Freundschaft nicht töten soll.»

Hélène sagt nichts. Sie sieht Jean zärtlich und müde an.

«Antworte, Hélène!»

«Ich werde ihm nichts sagen, Jean. Er muß tun, was er für richtig hält.»

Kurzes Schweigen. Lucien steht mit gesenktem Kopf da und hat eine Hand auf Jeans Schreibtisch gelegt. Dieser nähert sich Lucien, legt seine Hand auf den Schreibtisch, ganz nah an Luciens Hand.

«Gut», sagt er. «Du kannst nach Hause gehen, Lucien. Deine Zeitung wird morgen nicht erscheinen.»

«Du kannst tun, was du willst: der Artikel wird trotzdem erscheinen. Ich bin an Untergrundarbeit gewöhnt.»

«Lucien, wenn du das tust...»

«Der Artikel wird morgen erscheinen.»

Hélène steht auf und ruft:

«Lucien! Jean! Ihr seid verrückt!»

Sie stellt sich zwischen sie. Sie sieht auf die beiden Hände, die auf dem Schreibtisch liegen, und plötzlich sieht sie wieder, wie ihre Hände über ihren Knien lagen an jenem Tag, als sich Lucien auf dem Hügel bereit erklärt hatte, dem Komitee beizutreten. Das Bild verschwindet. Hélène sieht immer noch auf beide Hände, wie sie getrennt und verkrampft auf Jeans Schreibtisch liegen. Sie sagt:

«Ihr könnt doch nicht... ihr könnt doch nicht...»
Sie nimmt ihre Hände und versucht sie zueinanderzuführen.
«Wird er seinen Artikel veröffentlichen?» fragt Jean.
Lucien schweigt. Jean reißt heftig seine Hand los.
«Dann weiß er, was ihn erwartet.»
Lucien wendet sich ohne ein Wort ab und geht rasch hinaus.
Hélène will ihm folgen.
«Bleib hier», sagt Jean barsch. «Du bist immer noch meine Sekretärin, oder?»
Hélène geht auf ihren Platz zurück und läßt sich auf ihren Stuhl fallen. Er sagt «Whisky!», der Diener gießt ihm zu trinken ein.

EIN KELLER

Lucien mit vier anderen Männern. Sie drucken eine Zeitung kleineren Formats auf einer Handpresse. Titel der Zeitung: LA LUMIÈRE, *und darunter:* DER TYRANN. ZEHN ZERSTÖRTE DÖRFER.

EINE STRASSE VOR HÉLÈNES WOHNUNG

Ein Dutzend Exemplare der illegalen Zeitung LA LUMIÈRE *liegt auf dem Bürgersteig herum. Zwei Polizisten führen den Mann ab, der sie verteilt hatte, und schlagen auf ihn ein.*
Hélène, die aus ihrer Wohnung kam, hat von weitem die Szene beobachtet. Sie macht sich auf den Weg zum Palast. An einer Straßenecke begegnet sie einem Mann, der LA LUMIÈRE *verteilt. Polizisten greifen ein. Der Mann rennt los, so schnell er kann.*

DAS VORZIMMER IM PALAST

Hélène durchquert es schnellen Schritts, um zu Jeans Arbeitszimmer zu gelangen. Die Amtsdiener, die LA LUMIÈRE *lasen, lassen die Zeitung verschwinden, als sie an ihnen vorbeikommt.*

Er sitzt an seinem Schreibtisch. Hélène tritt ein und geht an ihren Platz.

«Guten Tag, Jean.»

«Guten Tag, Hélène.»

Jean schreibt mit verschlossenem Gesicht. Hélène sieht an ihrem Tisch maschinengetippte Seiten durch. Sie versucht, sie zu lesen, ihr Blick wandert aber mit fieberhafter Besorgnis immer wieder zu Jean zurück. Jean schreibt weiter, ohne aufzublicken. Hélène versucht erneut zu lesen.

«Hélène!» sagt Jean plötzlich mit neutraler Stimme.

Sie hebt den Kopf, Jean ist aber nach wie vor in seine Papiere vertieft. Er fährt fort:

«Ich empfange heute mittag den Präsidenten der OCR. Ich werde den Heudrique-Bericht brauchen.»

Hélène kann nicht antworten. Sie nickt nur mit dem Kopf. Schweigend trinkt Jean ein Glas Whisky. Er stellt es laut wieder hin, Hélène zuckt zusammmen und steht plötzlich auf:

«Jean!»

Jean sieht sie endlich an. In dem Moment macht ein Amtsdiener die Tür auf und kündigt an:

«Die Herren Minister Darieu und Magnan.»

Darieu und Magnan treten ein und nehmen vor Jeans Schreibtisch Platz. Hélène sinkt mit verwirrtem Blick auf ihren Stuhl zurück. Sie starrt auf die Uhr, auf der es zehn ist. Dann verschwinden die Zeiger, und eine sich schnell drehende schwarze Spirale bedeckt das Zifferblatt. Jeans, Magnans und Darieus undeutliche Stimmen vermischen sich mit langen Glockenschlägen, die zunehmend lauter werden. Schließlich platzt die Spirale mit dem Knall einer Explosion. Hélène fällt vornüber auf den Tisch, den Kopf in ihren Händen. Jean steht mit einem Schrei auf:

«Hélène!»

Er rennt zu ihr. Er gibt Darieu und Magnan ein Zeichen, daß sie rausgehen sollen:

«Kommt um zwei wieder.»

Er faßt Hélène an den Schultern und richtet sie auf, während Darieu und Magnan hinausgehen. Hélène sieht Jean in die Augen.

«Du hast gelesen, nicht wahr?» fragt sie.

Jean antwortet nicht. Er scheint zu leiden.

«Was wirst du mit Lucien machen? Wenn du ihn verhaften läßt, übersteht er das nicht! Sprich doch!» schreit sie. «Was wirst du tun? Antworte! Antworte!»

Jean antwortet immer noch nicht. Er ist niedergedrückt. Hélène begreift plötzlich und beginnt laut zu schreien:

«Tyrann! Tyrann! Mörder! Ich hasse dich!»

Dann steht sie auf und rennt aus dem Arbeitszimmer.

DAS TRIBUNAL

Hélène ist still. Ihr Gesicht ist von der Erinnerung an das, was sie erzählt, aufgewühlt. Dann nimmt sie ihren Bericht wieder auf:

«Ein Jahr ist vergangen. Ich hatte Jean nie wieder gesehen, und er hatte nie versucht, mich zu sehen. Ich habe nicht herausbekommen, wohin er Lucien geschickt hatte. Ich habe Himmel und Erde in Bewegung gesetzt, aber alle Türen verschlossen sich vor mir. Ein ganzes Jahr habe ich vergeblich gesucht... Eines Abends...»

ZEUGENAUSSAGE VON HÉLÈNE

(Zwei Jahre früher)

BEI HÉLÈNE

Hélène kommt müde und niedergeschlagen nach Hause. Vor ihrer Tür steht Jeans langer weißer Wagen. Sie erkennt ihn erstarrt, steigt rasch die Treppe hoch und kommt in ihre Wohnung. Jean steht mitten im Wohnzimmer. Er sieht sie kalt und tieftraurig an.

«Warum bist du gekommen?» sagte Hélène. «Mir graust vor dir.»

«Lucien liegt im Sterben», sagt Jean nach einem Schweigen.

Hélène sagt nichts. Sie stützt sich auf eine Stuhllehne. Jean fährt fort:

«Mein Auto steht unten. Nimm es. Er ist im Krankenhaus von Tierragues.»

Er zögert einen Augenblick, dann fragt er scheu:

«Darf ich dich begleiten?»

«Nein.»

Hélène richtet sich wieder auf, ihr erschüttertes Gesicht wirkt jetzt noch härter. Ohne ein Wort geht sie an Jean vorbei, läuft die Treppe hinunter und steigt in das Auto.

DAS KRANKENHAUS

Eine Krankenschwester läuft in einem langen Gang vor Hélène her. Hélène folgt ihr wie eine Schlafwandlerin. Die Krankenschwester macht die Tür eines Zimmers auf, in dem Lucien allein ist. Er atmet mit Mühe, und seine Augen sind geschlossen. Hélène nähert sich dem Bett und nimmt Luciens Hand, der die Augen aufmacht und mit schwacher Stimme sagt:

«Bist du es? Jean ist nicht da?»

Hélène schüttelt den Kopf. Lucien macht die Augen wieder zu.

DAS TRIBUNAL

Hélène spricht:

«Er ist um fünf Uhr morgens gestorben.»

Ein Schweigen, dann fügt sie hinzu:

«Das ist alles, was ich zu sagen habe.»

Das Publikum sieht Hélène mit bewegter Anteilnahme an. Sie macht kehrt und will das Gericht verlassen. Die Menge geht zur Seite, um sie durchzulassen, doch sie hört Jean, der «Hélène!» ruft.

Sie dreht sich um.

«Bleib», sagt Jean.

Hélène zögert kurz, dann geht sie zum Gericht zurück.

Jean steht auf und sagt:

«Ich werde...»

François unterbricht ihn mit einer Handbewegung. Ein Aufständischer, der von hinten hereingekommen ist, spricht ihm ins Ohr.

«Wo?» fragt François.

«Im Rathaus», sagt der Aufständische.

«Wer?»

«Die Gewerkschaftsdelegierten und alle revolutionären Truppen. Die Delegationen kommen hierher und wollen von Ihnen empfangen werden.»

«Gut», sagt François.

Er wendet sich zum Publikum hin und verkündet:

«Die Vertreter des Volkes, die vorübergehend die Gewerkschaftsdelegierten und die bewaffneten Aufständischen sind, haben mich soeben zum Chef der Provisorischen Regierung gewählt.»

Ein gewaltiger Begeisterungsschrei im Saal. Alle stehen jetzt, alle schreien. François hebt den Arm, und Ruhe kehrt wieder ein.

«Ich werde diesen Prozeß zu Ende führen. Als gewählter Chef der Regierung trete ich als Privatkläger gegen den Tyrannen auf. Ich muß aber die Sitzung unterbrechen. Das Gericht wird heute abend um elf Uhr wieder zusammentreten.»

Der Saal schreit und klatscht erneut Beifall. Leute beginnen hinauszugehen. François steigt auf das Podest und verschwindet durch die Hintertür. Aufständische nehmen Jean in ihre Mitte und führen ihn ab. Beim Weggehen sieht Jean zu Hélène hin, die den Saal verläßt.

JEANS ARBEITSZIMMER IM PALAST

Mit unsicherem Schritt betritt François das große Arbeitszimmer. Er sieht sich um, er hat denselben leicht eingeschüchterten Gesichtsausdruck, den Jean hatte, als er den Palast in Besitz nahm.

François wendet sich zum Schreibtisch und will dort Platz nehmen. In dem Moment sieht er den Kammerdiener, der ihm ehrerbietig seinen Sessel vorrückt.

«Da bist du ja!» sagt François mit einem kurzen Lachen. «Nun, geh zur Tür und laß die Delegationen herein. Nicht alle auf einmal.»

Der Diener verbeugt sich und geht zur Tür, hinter der man einen riesigen Lärm hört. Der Diener geht hinaus und erscheint wieder. Der Lärm im Vorzimmer hat jetzt aufgehört. Er kündigt an:

«Die Delegationen der Clenau-Gießereien.»

François steht auf. Er ist blaß, und man spürt, daß ihn Gefühle überwältigen. Die Delegierten kommen herein und stellen sich im Halbkreis vor den großen Schreibtisch hin.

Draußen unter den Fenstern des Palasts lacht, singt und schreit die Menge.

Im Arbeitszimmer spricht François, der sich hingesetzt hat, zu den Delegierten:

«Ich wiederhole es euch. Wir werden genau die Politik machen, die ihr fordert; die, die notwendig ist. Vor allem dem Terror ein Ende bereiten. Die politischen Gefangenen freilassen; die Ausnahmeverfügungen auf dem Lande aufheben; die Pressefreiheit wiederherstellen. Und so bald wie möglich das Land zu den Wahlurnen rufen für die Verfassunggebende Versammlung.

Ich weiß, daß ihr eine Erklärung zu unserer Erdölpolitik und den noch nicht vergesellschafteten Bereichen unserer Industrie erwartet. Ich werde dazu heute um Mitternacht im Rundfunk eine Erklärung abgeben. Im Augenblick kann ich euch nur sagen, was dieses Problem und alle anderen angeht, ist das Blut der Revolutionäre nicht umsonst geflossen.»

Die Delegierten hören zustimmend zu. Während François spricht, tritt der Diener zu ihm heran und sagt ihm etwas ins Ohr.

«Er soll warten!» sagt François überrascht.

Der Diener sagt noch einige Worte. François wirkt zusehends überraschter, und sein Gesicht verhärtet sich. Er steht auf und sagt zu dem Diener:

«Schon gut.»

Dann zu den Delegierten:

«Die Arbeit muß so bald wie möglich wieder aufgenommen werden, Genossen. Das ist in unser aller Interesse.»

François verabschiedet die Delegierten mit einer Handbewegung. Diese ziehen sich zurück. Durch eine andere Tür führt der Diener Schoelcher herein, der von einem etwa fünfzigjährigen, kühlen, schlanken, sehr vornehmen Mann mit höflich unverschämter Miene begleitet wird. Schoelcher verbeugt sich vor François.

«Ich bin Schoelcher, der Präsident des Ölkartells.»

«Mutig von Ihnen, durch die Straßen zu gehen», sagt François. «Es gibt viele Menschen, die Sie in Stücke reißen wollen.»

«Ich weiß mich zu schützen», lächelt Schoelcher.

Dann zeigt er auf seinen Begleiter:

«Das ist Herr Cotte, der Botschafter unseres Landes.»

Die drei Männer tauschen eisige Begrüßungen aus. Der Botschafter geht einen Schritt auf François zu:

«Ich habe es doch mit dem Chef der neuen Regierung zu tun?»

«Ja.»

«Ich habe nicht die offizielle Meldung abwarten wollen, um mit Ihnen zu reden», sagt Cotte. «Der Regierung meines Landes war immer daran gelegen, in gutem Einvernehmen mit der Ihren zu leben, und ich möchte ihr so schnell wie möglich Ihre Antwort auf folgende Frage übermitteln: Stimmt es, daß eine der Anschuldigungen gegen Jean Aguerra die Nichtverstaatlichung des Erdöls betrifft?»

«Das stimmt.»

«Müssen wir in dieser Anschuldigung einen Hinweis auf die zukünftige Politik Ihrer Regierung hinsichtlich des Erdöls sehen?»

François antwortet gereizt:

«Der Aguerra-Prozeß ist eine strikt innere Angelegenheit. Hinsichtlich der Politik, die die Regierung zu machen gedenkt, werden Sie sie wie meine Landsleute durch die Erklärung erfahren, die ich heute abend um Mitternacht abgeben werde.»

Der Botschafter verbeugt sich.

«Ausgezeichnet. Wann, denken Sie, werden die Telefonverbindungen mit dem Ausland wieder hergestellt sein?»

«Schon heute nachmittag, hoffe ich», sagt François.

«In diesem Fall werde ich die Anweisungen meiner Regierung zur Kenntnis nehmen, und es kann sein, daß ich ... Ihre Exzellenz um eine Unterredung *vor* Ihrer Ansprache bitten werde.»

Der Botschafter betont ironisch die Worte «Ihre Exzellenz». Als er zu Ende geredet hat, verneigt er sich höflich vor François, Schoelcher tut das gleiche. François begleitet sie zur Tür. Er ruft einer Wache im Vorzimmer zu:

«Drei Wagen und fünfzehn bewaffnete Männer, die Seine Exzellenz zur Botschaft begleiten.»

Der Botschafter und Schoelcher bedanken sich mit einer Handbewegung. François antwortet nicht und sieht sie weggehen mit einem harten Gesicht, das eine gewisse Besorgtheit verrät.

DIE UMGEBUNG DES GERICHTSSAALS

In den Gängen und den Hallen neben dem Gerichtssaal wartet die Menschenmenge, die dem Prozeß beiwohnte, auf seine Weiterführung. Viele schlafen, entweder auf dem Fußboden ausgestreckt oder an die Wand angelehnt. Ein Mann schläft auf sein Gewehr gestützt im Stehen. Von Zeit zu Zeit sackt er zusammen, erwacht, richtet sich wieder auf und schläft wieder ein. Andere essen auf dem Boden sitzend oder diskutieren.

Als beide Flügel der Gerichtstür wieder aufgemacht werden, kommt es zu einem Ansturm auf die Sitzplätze: Die Menschen wekken einander, räumen hastig ihren Proviant weg und stürzen in den Gerichtssaal, wobei sie über die, die noch schlafen, hinwegsteigen.

DAS TRIBUNAL

Jean wird an seinen Platz zurückgeführt, während sich der Saal unter großem Getöse wieder füllt. Die Geschworenen nehmen erschöpft ihre Plätze wieder ein. Ihre Kleidung ist zerknittert, ihre Gesichter angespannt, die Bärte sind gewachsen.

François nimmt seinen Platz wieder ein. Er ist rasiert und sieht ausgeruht aus. Hélène setzt sich auf einen Stuhl, den man für sie mitten in einem Gang auf der Höhe der ersten Reihe aufgestellt hat.

Sehr schnell ist der Saal wieder voll, und jeder sitzt auf seinem Platz. François steht auf, es wird sofort still, und er verkündet:

«Das Wort hat die Verteidigung.»

Jean erhebt sich, mit ironischem Gesichtsausdruck.

«Die Verteidigung bin ich.»

Er geht einige Schritte, um sich zum Zeugenplatz zu begeben. Dort bleibt er während der ganzen Zeit seiner Aussage, einige Schritte von Hélène und François entfernt, stehen. Er wendet sich zunächst an die Geschworenen:

«Ihr habt gewonnen, schön für euch. Ich habe euch keine Rechenschaft abzulegen, und ich bereue nichts.»

Dann richtet er sich an Hélène:

«Dir allein, Hélène, will ich Rechenschaft ablegen. Ich habe Lucien geliebt. Du ahnst nicht, wie sehr ich ihn geliebt habe.»

«Du liebtest ihn», sagt Hélène, «und trotzdem hast du ihn sterben lassen.»

«Ja, ich habe ihn sterben lassen. Und ich habe andere sterben lassen. Meinst du, daß mir nicht vor mir graust?»

Er zeigt auf die Geschworenen:

«Die hier haben die Revolution gemacht, jetzt werden sie mich umbringen, und ich bin froh, daß sie mich umbringen. Es fällt mir schwer, mich zu ertragen. Aber ich bereue nichts, Hélène. Weder Benga noch Lucien, noch die verbrannten Dörfer. Und wenn es noch einmal getan werden müßte, würde ich es wieder tun.»

Das Publikum fühlt sich brüskiert und fängt an, Jean auszupfeifen und auszubuhen. Dieser richtet sich wieder auf, sieht den Saal kalt an und schreit:

«Alles. Sogar Lucien.»

Die Schreie und die Buhrufe werden noch lauter, trotz François, der mit Gesten und mit seiner Stimme Ruhe verlangt. Jean redet weiter, und seiner Stimme gelingt es, den Tumult zu übertönen, der allmählich abnimmt.

«Arme Idioten! Ihr glaubt an eine Änderung der Politik: Ihr werdet nur einen Wechsel des Personals bekommen!» Er zeigt mit dem Finger auf François, der wieder Platz genommen hat:

«Du wirst sie machen, meine Politik! Du wirst sie machen, weil es keine andere Wahl gibt. Glaubst du, ich werde sie rechtfertigen? Du wirst sie rechtfertigen, in drei, in sechs Monaten.»

Dann wendet er sich erneut an Hélène. Der Saal, der sich fast beruhigt hat, beruhigt sich völlig, je länger Jean spricht, und bald ist die Ruhe total.

«Hör zu, Hélène... Das ist eine Geschichte von Gewalt. Anfangs war die Gewalt überall. In mir, außerhalb von mir. Mein Großvater war ein alter Pirat. Mein Vater hat einen Menschen mit der Heugabel umgebracht. Auf dem Dorf sah ich die besoffenen Bauern ihre Kinder und ihre Frauen schlagen. Ich bin Bauer und so gewalttätig wie sie alle. Aber mit zwölf wurde mir bei einer Schlägerei unter Jungen mit Fußtritten der Arm zerbrochen, und Gewalt hat mich angewidert. Sobald ich konnte, bin ich in die Stadt gegangen, und dort bin ich wieder auf Gewalt gestoßen.»

Zeugenaussage von Jean
(Dreizehn Jahre früher)

EINE STRASSE

Eine Elendsstraße in einem Armenviertel. Frauen stehen vor einem Lebensmittelladen Schlange. Schlecht genährte, haßerfüllte und ungeduldige Gesichter. Auch einige Männer, darunter Jean. Er trägt einen alten, schäbigen Anzug und einen verbeulten Schlapphut. Man hört Jeans Stimme dumpf sagen: «Gewalt! Elend!» *Ein kleiner, dünner Regen beginnt herabzunieseln. Regenschirme werden aufgespannt. Jean schlägt den Kragen seiner Jacke hoch. Frauen wikkeln ihren Schal um den Kopf. Hinter Jean eine Frau, die ein Baby trägt. Sie beugt sich über ihr Kind, um es, so gut es geht, vor dem Regen zu schützen. Jean berührt sie an der Schulter und gibt ihr zu verstehen, daß sie ihm das Kind geben soll: Jean macht seine Jacke auf, die Frau reicht Jean das Kind, das er schützend an sich drückt.*

In diesem Augenblick erscheint der Lebensmittelhändler auf seiner Türschwelle, nimmt die Klinke ab und hängt ein Schild auf: AUSVERKAUFT. *Die Leute bleiben einen Augenblick stumm vor Entsetzen, dann fängt eine Frau wütend zu schreien an:*

«Schweinerei! Der verarscht uns! Seht doch in seinem Keller nach, ob er nichts mehr zu verkaufen hat!»

Die Leute in der Schlange fangen an zu schreien und zu protestieren: «Schwein! Schieber!» Die Schlange löst sich auf, und alle drängen sich vor das Schaufenster des Lebensmittelladens. Rufe und Drohungen. Ein Stein zerschlägt das Glas der Tür, hinter der man das verängstigte Gesicht des Händlers sieht.

Polizisten kommen mit dem Knüppel in der Hand pfeifend angerannt. Sie versuchen die Menge aufzulösen. Diese leistet Widerstand. Die Polizisten werden sofort brutal. Faustschläge, Fußtritte, eine Frau wird umgestoßen. Ein Polizist stürzt sich knüppelschwingend auf Jean. Dieser weicht ihm aus und rennt weg. Er biegt um die Straßenecke und bleibt wegen des Kindes, das er mit seinem gesunden Arm immer noch hält, ratlos stehen. Er geht zu dem Laden zurück und sieht die Mutter des Kindes, die sich schreiend gegen zwei

Polizisten wehrt, die sie brutal abführen. Jean geht auf die Polizisten zu und zeigt auf das Kind:

«Der Kleine gehört ihr.»

Ein Polizist sieht erstaunt auf das Kind, ohne die Mutter loszulassen, die sich immer noch wehrt.

«Ist das deins?» fragt der Polizist.

«Das ist meins. Das ist mein Kind!»

Der Polizist nimmt das Kind wie ein Päckchen unter seinen linken Arm und zieht mit seinem Kollegen die Frau weiter weg.

Reglos mitten auf der Straße stehend sieht Jean sie weggehen. Man hört seine Stimme:

«Gewalt. Elend. Hunger. Überall Elend. Auf allen Straßen, vor allen Läden schimpften die Armen. Die Unzufriedenheit wuchs. Dann haben die Reichen zu den großen Mitteln gegriffen...»

EINE ANDERE STRASSE

Auf einer Mauer ist ein Plakat angebracht, das die Karikatur eines Juden mit krummer Nase und Krallenhänden zeigt und auf dem zu lesen steht:

Der Jude ist an deinem Elend schuld.

Man hört Jeans Stimme sagen: «Ich konnte das nicht mehr ertragen! Ich konnte nicht mehr!»

Jean läuft auf einer Elendsstraße. Er begegnet einem armen, zerlumpten alten Mann, der gekrümmt an einem Stock geht. Vor einem geschlossenen Laden wartet ein kleines Mädchen, das ein schmutziges Baby an der Hand hält. An der Straßenecke spielt ein Kind mit einem Ball: Es trägt einen orthopädischen Apparat, der ihm bis zum Knie reicht. Jeans Stimme wiederholt: «Gewalt! Elend!»

Jean betrachtet einen Moment das Kind, dann verschwimmt sein Blick. Er fängt an verzweifelt zu rennen. Es ist ein Traum! Er rennt, erreicht eine Straße der besseren Viertel. Ein prächtiger Wagen fährt hinter Motorradfahrern mit Helm vorbei. Das ist der Wagen des Regenten. Jean zieht einen Revolver aus der Tasche und schießt auf den Regenten, der umfällt. Polizisten stürzen sich auf Jean, der eine Granate wirft, während man seine zornige Stimme hört:

«Elend! Gewalt! Gegen Gewalt sah ich nur noch eine Waffe: Gewalt!» *Dann verschwindet der Traum: Jean ist immer noch auf der Straße, er sieht dem behinderten Kind zu, das mit dem Ball spielt, dann geht er wieder los und betritt ein Haus. Seine Stimme sagt:*

«Um diese Zeit bin ich einer Untergrundorganisation beigetreten.»

EINIGE TAGE SPÄTER

Auf derselben Straße, vor demselben Plakat. Jean und drei kräftige Arbeiter betrachten das Plakat. Sie drehen sich plötzlich um, als sie schreien hören: «Tod den Juden.»

Einige Meter von ihnen entfernt eine Drogerie: ELIE COHEN. *Männer und Frauen demonstrieren grölend vor dem Laden:*

«Wucherer! Dreckiger Jude! Wucherer!» Unter der Menge sind offensichtlich Provokateure: Drei von ihnen betreten den Laden und zerren brutal den vor Angst totenbleichen jüdischen Drogisten heraus. Die Menge will ihn in Stücke reißen.

Jean und seine drei Genossen sind herangetreten. Plötzlich stellt sich ein junger Mann zwischen den Juden und dic Menge. Es ist Lucien. Er ist viel besser gekleidet als alle anderen in dieser Szene. Die Hände in den Taschen ruft er:

«Rührt diesen Mann nicht an!»

Einer der Männer, die in den Laden gegangen waren, lacht hämisch:

«Du willst uns daran hindern?»

«Ich werde euch daran hindern», sagt Lucien. «Nicht mit Gewalt, aber ihr werdet mir zuhören. Genossen, laßt euch nicht täuschen, dieser Mann wird genauso ausgebeutet wie ihr. Er ist genauso arm wie ihr. Man versucht, eure Wut abzulenken.»

Zwei der Provokateure, die den Juden festhielten, lassen ihn los und gehen auf Lucien zu.

«Bist du fertig?» sagt der eine.

«Nein, ich bin nicht fertig. Hört, Genossen...»

Der Mann boxt Lucien in den Magen, daß er sich krümmt. Lucien hat sich in keiner Weise gewehrt. Er richtet sich wieder auf und spricht weiter:

«Genossen, es stimmt nicht, daß es Juden und Arier gibt: es gibt nur Arme und Ausbeuter!»

Der Mann schlägt wieder zu, diesmal ins Gesicht.

«Ich werde mich nicht wehren!» sagt Lucien.

Jean und seine drei Genossen verständigen sich kurz mit Blicken und stürmen los. Im Nu liegen die drei Provokateure am Boden. Einige der Männer, die den Juden festhielten, versuchen ihnen zu Hilfe zu kommen. Schlägerei, die schnell von einem Schuß unterbrochen wird. Der Jude fällt zu Boden. Bestürzung unter den Kämpfenden, die aufhören und dann blitzschnell auseinandergehen. Jean und Lucien knien neben dem Alten und heben ihn hoch.

«Den hat es erwischt», sagt Jean.

«Sie hätten diese Männer nicht schlagen dürfen», sagt Lucien.

«Na hör mal, wenn wir nicht zugeschlagen hätten, hättest du eine schlimme Viertelstunde erlebt.»

Er hat etwas kühl geredet, aber man merkt, daß ihn Lucien interessiert.

«Das machte mir nichts aus», sagt Lucien. «Aber Sie...»

«Was?»

«Weil Sie geschlagen haben, haben sie geschossen. Gewalt erzeugt Gewalt.»

Jean betrachtet Lucien mit ungerührtem Gesicht. Er sagt:

«Tragen wir ihn nach Hause?»

Beide tragen den Toten in seinen Laden.

Jeans Stimme sagt: «Von dem Tag an ist er mein Freund geworden.»

EIN KANAL

Lucien und Jean gehen auf dem Treidelweg entlang. Man hört Jeans Stimme: «Mein Freund, mein Bruder. Aber nicht mein Ebenbild.»

Lucien bleibt stehen. Mit Eifer setzt er eine seit langem begonnene Unterhaltung fort:

«...das in ihre Köpfe kriegen. Allen. Die erste Voraussetzung zum Menschsein ist die Ablehnung jeglicher direkter oder indirekter Beteiligung an einem Akt der Gewalt.»

Jean hört ihm zu, schwankend zwischen freundschaftlicher Be-

wunderung für Luciens Reinheit und Ironie über seine Unerfahrenheit.

«Und welche Mittel wirst du anwenden?» fragt er.

«Alle. Bücher! Zeitungen! Theater!»

«Du bist doch ein Bourgeois, Lucien. Dein Vater hat deine Mutter nie verprügelt. Er ist nie von den Bullen zusammengeschlagen worden oder von einem Betrieb ohne Begründung und Vorankündigung entlassen worden, nur weil dieser seine Belegschaft reduzierte. Du hast Gewalt nicht erfahren. Du kannst das nicht nachempfinden.»

«Wenn du sie erfahren hast», sagt Lucien, «ist das ein Grund mehr, sie zu hassen.»

«Ja. Aber sie steckt in mir drin.»

DAS TRIBUNAL

Jean spricht zu Hélène:

«Du hast sie sofort gespürt, meine Gewalt. Dir grauste davor.»

Hélène antwortet nicht.

Jean insistiert:

«Sag es! Gib zu, daß dir davor grauste.»

Hélène zögert, dann sagt sie sehr leise:

«Ich weiß nicht.»

«Ich habe geglaubt, daß dir davor grauste.»

Sie sehen sich an. Es gibt nur noch sie im Saal. Sie kümmern sich weder um François noch um die Geschworenen, noch um das Publikum, das ihnen in vollkommener Stille zuhört.

«Mir grauste nicht vor dir», sagt Hélène. «Es war der Stolz. Der Stolz eines kleinen Mädchens. Ich liebte deine Stärke, aber ich wollte ihr nicht nachgeben.»

«Ich habe dich vom ersten Tag an geliebt. Ich liebte dich mehr als mich selbst, und ich habe dich Lucien überlassen, weil ich ihn wie einen Bruder liebte. Wenn du wüßtest, Hélène, was am Abend eurer Hochzeit in meinem Kopf vorging.»

Zeugenaussage von Jean
(Zehn Jahre früher)

SUZANNES BAUERNHOF

Jean und Suzanne stehen im großen Zimmer am Fuß der Treppe. Suzanne ist über Jeans blutende Hand gebeugt und verbindet sie. Jean sieht zu der Treppe hin, die Hélène und Lucien hinaufgegangen sind. Und plötzlich verschwimmt sein Blick. Es ist ein Traum: Er stößt Suzanne zur Seite, greift nach einem Messer auf dem Tisch, geht die Treppe hinauf, macht Luciens Zimmertür auf. Er sieht Lucien über die auf dem Bett liegende Hélène gebeugt, er küßt sie. Jeans Arm fährt hoch, seine verbundene Hand hält das Messer und trifft Lucien. Dann verschwindet der Traum: Jean befindet sich immer noch im großen Zimmer. Suzanne hat ihm die Hand fertig verbunden und sieht ihn leidenschaftlich an. Jean, der immer noch auf die Treppe starrt, sieht zu Suzanne hin und nimmt erst dann ihre Anwesenheit wahr. Man hört seine Stimme sagen: «Eine Frau war da...» *Jean beugt sich über Suzanne und küßt sie brutal.*

DAS TRIBUNAL

Jean und Hélène stehen einander gegenüber. Hélène senkt die Augen und spielt mit den Falten ihres Kleids. Jean richtet sich wieder auf und geht hin und her. Man weiß nicht recht, zu wem er redet. Zu den Geschworenen? Zu Hélène? Zum Publikum? Er sieht niemanden an.

«Um diese Zeit habe ich verstanden, was getan werden mußte. Die Erdölleute waren zu stark. Sie hatten ein großes Land hinter sich, und unseres ist klein. Sie nicht frontal angreifen. Abwarten. Es war eine revolutionäre Situation. Die Revolution mußte vorbereitet, gemacht und dann gesichert werden bis zu dem Tag, an dem man mit ihnen abrechnen könnte. Anfangs waren meine Hände rein. Genauso rein wie die Luciens. Ich war nicht glücklich, ich fühlte mich aber stark und rein. Und dann hat es diesen Tag gegeben, an dem du an meine Tür geklopft hast...»

Zeugenaussage von Jean
(Acht Jahre früher)

BEI SUZANNE

Jean arbeitet in dem Wäscheraum. Es klingelt. Jean lauscht und hört im Nebenzimmer das Geräusch einer sehr erregten Diskussion zwischen Suzanne und einer weiteren Frau. Er steht auf, als er Suzanne sagen hört:

«Ich sage dir doch, er ist nicht allein.»

Jean macht die Tür der Wäschekammer auf und sieht Hélène und Suzanne voreinander stehen. Suzanne sieht haßerfüllt aus. Hélène wirkt verstört:

«Aber was ist denn, Suzanne?» sagt Jean leicht vorwurfsvoll, aber doch freundlich. «Du weißt genau, daß niemand da ist und ich für Hélène immer da bin.»

«Ja, für Hélène, natürlich.»

Jean hat eine Anwandlung von sofort wieder unterdrückter Wut.

«Für Hélène wie für alle anderen Komiteemitglieder», sagt er ruhig. «Komm, Hélène.»

Er macht die Tür der Wäschekammer auf, um sie hineinzulassen. Hélène geht vor. Suzanne will ihr folgen. Jean hält sie zurück und fragt Hélène:

«Willst du geschäftlich mit mir sprechen?»

«Ja.»

Jean macht Suzanne gegenüber ein Zeichen des Bedauerns.

«Ich bedaure, Suzanne, du mußt uns allein lassen.»

Wütend macht Suzanne stumm hinter ihnen die Tür wieder zu. Jean geht auf Hélène zu, die im Zustand äußerster Erregung ist.

«Was gibt es?»

Sie antwortet nicht.

Er faßt sie an den Schultern und schüttelt sie.

«Sag mir, was los ist?»

«Wo ist Benga?» fragt Hélène.

Jean ist verdutzt.

«Benga?»

«Wo kann ich ihn finden?»

Jean sieht sie eine Weile erstaunt an. Dann geht er plötzlich zur Tür und macht sie auf. Suzanne steht dahinter: es ist offensichtlich, daß sie entweder gelauscht oder durch das Schlüsselloch geguckt hat. Sie weicht zurück und sieht Jean haßerfüllt an. Jean schlägt vor ihrer Nase die Tür wieder zu und geht zu Hélène zurück.

«Benga?» sagt er. «Schickt Lucien dich?»

«Nein.»

Jean sieht auf die Tasche, auf der Hélène nervös herumtrommelt. Er sagt wie abwesend:

«Es ist nicht Lucien ...»

Dann plötzlich:

«Gib mir deine Tasche!»

«Nein!» schreit Hélène.

Jean ergreift Hélènes Tasche. Er holt einen in ein Tuch eingewickelten Revolver heraus.

«Aha!» sagte Jean. «Lucien will also nicht?»

«Jean, es ist nicht aus Feigheit.»

«Ich weiß», sagte Jean verbittert. «Er will sich nicht die Hände schmutzig machen. Und du ... du ... du willst ...»

«Ja», sagt Hélène.

Sie senkt den Kopf und fügt mit tonloser Stimme hinzu:

«Wir sind eins. Er, das bin ich.»

Jeans Mund zuckt etwas. Er wickelt das Tuch auf, sieht den Revolver und lacht kurz auf:

«Aber das ist ja ein Spielzeug! Was willst du denn damit anfangen?»

«Sag mir, wo Benga ist. Das ist alles, worum ich dich bitte.»

Jean geht zum Tisch. Er legt den Revolver hin, dann dreht er sich zu Hélène um und sagt mit bitterem Lächeln:

«Glaubst du, es ist einfach, einen Menschen umzubringen?»

Hélène sagt nichts.

«Und danach?» sagt Jean. «Glaubst du, man ist danach noch derselbe?»

Er sieht sie schmerzerfüllt an, ohne zu sprechen, und man hört seine leise und rauhe Stimme wie verzweifelt flüstern:

«Warum ich? Warum immer ich? Habe ich nicht auch das Recht, saubere Hände zu behalten? Ich will nicht. Ich will nicht töten. Er ist bestimmt worden.»

Und dann gibt sich Jean einen Ruck. Er tritt zu Hélène heran und sagt ihr sanft, beinah zärtlich:

«Das ist eine Männerangelegenheit, Hélène. Und außerdem wäre es zu schwerwiegend, wenn dir die Sache mißlingen würde.»

«Sie wird mir nicht mißlingen.»

«Deine Nerven können dich im Stich lassen. Ich darf dich das nicht tun lassen.»

Er lächelt Hélène an, und wieder hört man, ohne daß er die Lippen bewegt, seine fiebrige Stimme:

«Ich will nicht töten. Ich hasse Gewalt. Ich will nicht. Ich will nicht.»

Jean legt seine Hand auf Hélènes Schulter.

«Geh jetzt nach Hause.»

«Du wirst?...»

Jean zeigt lächelnd seine Hände:

«Meine Hände sind schon schmutzig. Bißchen weniger, bißchen mehr.»

«Für mich wirst du ihn töten, Jean. Für mich.»

Sie sieht ihn mit leidenschaftlicher Dankbarkeit an. Er tritt näher zu ihr. Man spürt, daß sie sich küssen wollen, aber schließlich wendet sich Jean mühsam ab und sagt:

«Für Lucien.»

DAS TRIBUNAL

Jean steht vor Hélène.

«Es ist noch viel härter gewesen, als ich dachte. Benga war bei einer geheimen Erdölarbeiterversammlung gewesen. Er kam auf einer menschenleeren Straße zurück, und ich wartete auf ihn...»

ZEUGENAUSSAGE VON JEAN

(Acht Jahre früher)

EINE LANDSTRASSE

Die Straße ist menschenleer. Jean lehnt an einem Baum. In der Ferne hört er ein munteres Pfeifen, das sich nähert. Jean fährt auf und lauert auf den Menschen, der näher kommt. Es ist Benga. Man hört Jeans Stimme sagen: «Es wäre besser gewesen, ich hätte ihn niedergeschossen, als er vorbeikam. Ich wollte ihn aber sprechen. Ich wollte nicht schießen, ohne ihn zu sprechen.»

Benga kommt ohne Eile immer noch pfeifend näher. Jean tritt aus seinem Versteck hinter dem Baum hervor. Benga bleibt stehen.

«Wer ist da?»

Er richtet seine Laterne auf Jean.

«Du bist es, Jean? Du hast mir angst gemacht. Ich habe gedacht, das wären Bullen.»

Er läuft wieder los. Jean geht neben ihm her.

«Gehst du in die Stadt?» sagt Benga.

Und da Jean immer noch nicht antwortet, fragt er:

«Was hast du?»

Jean entschließt sich zu sprechen:

«Benga, du bist ein Verräter, du hast Carlier verpfiffen.»

Benga bleibt stehen und sieht Jean wie vor den Kopf geschlagen an. Jean ist ebenfalls stehengeblieben. Benga sieht den Revolver in seiner Hand, und seine Bestürzung verwandelt sich in Erleichterung. Er sagt: «Uff!»

Jean sieht ihn erstaunt an.

«Das ist es also!» sagt Benga. «Seit drei Monaten spüre ich, daß man mich verdächtigt. Drei Monate schon laßt ihr mich beschatten. Drei Monate schon verstehe ich nichts mehr. Heute ist endlich Schluß. Ich bin kein Verräter, Jean. Ich schwöre es dir bei dem Kopf meiner Frau und dem meiner Kinder.»

«Beweise es», sagte Jean.

«Wie soll ich das beweisen?»

Er sieht Jean an und begreift plötzlich, daß dieser ihn umbringen wird.

«Ich habe nur für das Komitee gelebt. Heute verurteilt ihr mich, ohne mich anzuhören. Nun gut. Mach, was du willst.»

Jean kann nicht antworten. Sein Gesicht drückt einen süßlichen Überdruß, beinah einen Ekel aus.

«Du kannst zufrieden sein, du Schwein!» sagt Benga. «Ich werde dir nicht mehr im Wege stehen.»

Jean hebt den Revolver.

«Du bist es, der das Ganze angezettelt hat, nicht wahr? Und schließlich hast du Wert darauf gelegt, mich selbst umzulegen?»

Jean schießt zweimal. Benga knickt zusammen, fällt aber nicht um. Er sagt mit einer gewissen Ironie:

«Mörder! Ich möchte nicht in deiner Haut stecken, wenn du erfahren wirst, daß ich unschuldig war.»

Jean schießt noch einmal, und Benga fällt zu Boden. Jean sieht auf den zu seinen Füßen hingestreckten Körper.

DAS TRIBUNAL

Jean steht vor Hélène, starrt auf seine Schuhspitzen und sagt mit dumpfer Stimme:

«Einen Monat später haben wir erfahren, daß Benga unschuldig war.»

Zeugenaussage von Jean
(Acht Jahre früher)

BEI LUCIEN UND HÉLÈNE

Lucien sitzt auf einem Stuhl. Sein Gesicht ist verschlossen. Jean steht vor ihm, wortlos und traurig. Er legt seine Hand auf Luciens Schulter, der sich losreißt. Jean sieht ihn mit leidendem Vorwurf an.

«Lucien! Dir graust vor mir?»

«An deinen Händen klebt Blut.»

«Ja», sagt Jean. «An meinen Händen klebt Blut. Dafür habe ich es deinen Händen erspart. Ich habe alles auf mich genommen. Glaubst du, ich selbst hätte auch nicht gern reine Hände behalten?»

«Ich hatte dich um nichts gebeten.»

Jean sieht Lucien müde, ohne zu antworten, an.

DAS TRIBUNAL

Jean spricht zu Hélène:

«Von diesem Augenblick an bin ich nicht mehr derselbe gewesen. Am Anfang hatte ich mich für den Kampf, für die Gewalt entschieden. Aber ich hoffte, sie nur gegen unsere Feinde anwenden zu müssen. Und dann habe ich verstanden, daß ich in einem Räderwerk war und daß man manchmal im Interesse der Sache sogar Unschuldige opfern mußte.

Ich hatte deine Liebe nicht erringen können. Ich hatte Luciens Freundschaft verloren. Suzanne fing an mich zu hassen. Ich war allein, und mir grauste vor mir. Wenn du mir hättest helfen können...»

«Ich wußte nichts, Jean. Ich wußte nichts!» sagt Hélène erschüttert.

«Hat dir Lucien gesagt, daß Suzanne ihm geschrieben hatte?»

«Suzanne? Nein.»

«Einige Tage bevor die Revolution ausbrach, habe ich einen Entwurf in einer Schublade gefunden. Sie beschuldigte uns, ihn zu betrügen. Er hat mir nie davon erzählt.»

«Mir hat er auch nichts davon erzählt», sagt Hélène. «Aber er hat ihr nicht geglaubt. Ich schwöre dir, er hat ihr nicht geglaubt. Ich schwöre dir, er hat ihr nicht geglaubt!»

«Vielleicht», sagt Jean traurig. «Aber er hat mir nichts davon gesagt.»

Dann wendet er sich an Suzanne:

«Wenn du es wissen willst, deswegen habe ich dich verlassen und wollte dich nicht mehr wiedersehen.»

Suzanne versucht blaß, mit zusammengepreßten Lippen, etwas zu sagen. Jean fährt ohne Zorn fort:

«Du hast für mich Liebe empfunden, Suzanne. Aber niemals

Freundschaft. Du hast mir das Fleisch kleingeschnitten, ja. Du hast mich wie eine Krankenschwester gepflegt. Aber an deiner Seite habe ich mich immer einsam gefühlt. Ich bin dir nicht mehr böse. Sicher war es auch meine Schuld.» Er schweigt einen Augenblick, dann wendet er sich erneut an Hélène:

«Und dann ist die Revolution ausgebrochen. Zu früh. Zu früh. Viel zu früh. Aber da sie nun mal begonnen hatte, mußte man sie wohl oder übel organisieren. Wir haben gewonnen und den Regenten fortgejagt.»

Zeugenaussage von Jean
(Sieben Jahre früher)

JEANS ARBEITSZIMMER IM PALAST

Vor nur wenigen Stunden haben Jean und seine Genossen den Palast in Besitz genommen. Jean, Magnan, Darieu und François stehen mitten im Zimmer und diskutieren. In einer Ecke beobachtet sie der Kammerdiener. Unter den Fenstern stößt die Menschenmenge Jubelrufe aus: «Es lebe die Revolution! Es lebe Aguerra! Aguerra! Aguerra!»

Magnan, Darieu und François wirken aufgeregt und fröhlich. Jean wirkt eher düster. Darieu klopft ihm auf die Schulter und zeigt mit dem Kopf zum Fenster:

«Geh hin», sagt er.

«Später», antwortet Jean.

Darieu und François sehen ihn überrascht an.

«Jean», sagt Magnan. «Bist du nicht glücklich?»

Jean schüttelt den Kopf.

«Es ist zu früh. Viel zu früh. Das Schwerste steht uns noch bevor. Jetzt muß die Revolution verteidigt werden.»

Die Menge ruft weiter.

«Du mußt zu ihnen sprechen», sagt Darieu.

Jean zögert einen Moment, ein Amtsdiener kommt herein, tritt in dem Moment auf ihn zu, als er zum Fenster geht, und spricht ihm ins Ohr.

«Das dachte ich mir», sagt Jean. «Ich komme.»

Er folgt dem Amtsdiener in einen kleinen Nachbarraum des Arbeitszimmers, wo ihn der Botschafter Cotte erwartet. Der Botschafter verbeugt sich vor Jean mit höflicher Unverschämtheit:

«Sie sind der neue Regierungschef?»

«Ja. Sie sind der Botschafter aus...»

«Ja. Ich darf mich setzen?»

«Entschuldigen Sie», sagt Jean und zeigt auf einen Stuhl.

Der Botschafter setzt sich und sieht sich um:

«War das die Privatwohnung des Regenten?»

Jean macht eine ungeduldige Bewegung:

«Kommen Sie zur Sache!»

Der Botschafter räuspert sich, damit er eine klare Stimme hat.

«Die Regierung meines Landes hat mich damit beauftragt, Ihnen zu sagen, daß sie keine Einmischung in Ihre inneren Angelegenheiten beabsichtigt. Demzufolge erkennt sie Ihre Autorität an, Exzellenz.»

«Sehr schön.»

«Es gibt nur einen Punkt», sagt der Botschafter weiter, «über den wir nicht verhandeln werden, weil er die Interessen unserer Landsleute berührt: es muß klar sein, daß Sie es für die Erdölkonzession beim Status quo belassen.»

«Ich werde Sie zum gegebenen Zeitpunkt von unseren Entscheidungen unterrichten.»

«Jede Verletzung des Privateigentums unserer Landsleute würde meine Regierung als casus belli betrachten. Um ihrer Forderung notfalls Nachdruck zu verleihen, hat meine Regierung fünfunddreißig Divisionen entlang unserer Grenzen zusammengezogen.»

Jean steht auf und sieht den Botschafter eisig an.

«Ich freue mich, daß Ihre Regierung das neue Regime anerkennt, das sich unser Land gegeben hat, und ich bitte Sie, ihr zu versichern, daß wir in Freundschaft zu allen unseren Nachbarn zu leben wünschen.»

Er verbeugt sich vor dem Botschafter, der aufgestanden ist, und geht in sein Arbeitszimmer zurück. Die Menge brüllt immer noch unter den Fenstern. Darieu eilt auf Jean zu:

«Jean, ich bitte dich, zeig dich auf dem Balkon.»

Jean durchquert das Arbeitszimmer und geht zum Balkon. Die Menge brüllt und applaudiert ihm. Jean winkt ihr zu, dann geht er in sein Arbeitszimmer zurück, müde und erschüttert.

«Jean», wirft ihm Magnan vor, «sie erwarteten, daß du redest. Weshalb hast du es nicht getan?»

«Ich habe ihnen nichts zu sagen.»

DAS TRIBUNAL

Jean spricht weiter:

«Ich hatte ihnen nichts zu sagen. Und dir, François, als du an der Spitze der Erdölarbeiterdelegation gekommen bist, hatte ich auch nichts zu sagen. Das Ausland wartete nur auf einen Vorwand, uns zu vernichten. Man mußte die Stellung halten. Um die Revolution zu retten, durfte man nicht an das Erdöl rühren.»

François sieht Jean mit eisiger Neugier an:

«Wie lange die Stellung halten?» fragt er. «Worauf hofftest du?»

«Einige Jahre durchhalten. In zwei, in vielleicht höchstens drei Jahren wird zwischen den beiden euch bekannten Großmächten ein Konflikt ausbrechen. Das ist unvermeidlich. Dann werden die Truppen abgezogen, die unsere Grenzen bedrohen, und wir haben freie Hand.»

«Und wenn sie uns gleich bei Kriegsbeginn überfallen, um sich das Erdöl zu sichern?»

«Sie werden nur über einen minimalen Teil ihrer Kräfte gegen uns verfügen: Wir werden Widerstand leisten können.»

«Bis dahin», sagt François, «solltest du uns ein demokratisches Regime geben, und du hast es nicht getan.»

Jean zuckt resigniert die Achseln.

«Das erste von der Verfassunggebenden Versammlung verabschiedete Gesetz wäre die Verstaatlichung des Erdöls gewesen. Das bedeutete die ausländische Invasion, die Wiedereinsetzung des Regenten durch das Ausland und die Liquidierung der Revolution.»

Er dreht sich wieder zu Hélène um und spricht mit dumpfer Stimme weiter:

«Sie haben angefangen mich zu hassen. Alle: die Arbeiter, die

Bauern, alle meine Genossen, selbst Lucien. Man mußte fünf, sechs Jahre durchhalten. Durchhalten. Dieser ganze Haß!»

Er zeigt auf die Zuhörer:

«Dieser ganze Haß! Sieh. Sieh ihn in ihren Augen. Seit fünf Jahren hassen sie mich. Ich wußte es. Ich habe alles auf mich genommen. Es ging nicht anders. Man mußte durchhalten. Ich habe angefangen zu trinken!»

Zeugenaussage von Jean
(Drei Jahre früher)

JEANS ARBEITSZIMMER IM PALAST

Jean trinkt ein Glas Whisky und stellt es wieder hin. Vor ihm stehen Lucien und Darieu, die von ihrer Rundreise auf dem Land zurückkommen. Hélène ist an ihrem Arbeitstisch.

«Geh», sagt Lucien zu Darieu. «Mich wird er nicht wie einen Diener wegschicken.»

Darieu geht hinaus. Jean und Lucien stehen sich gegenüber.

«Ich beschwöre dich», sagt Lucien. «Du kannst unseren Bauern nicht von heute auf morgen diese totale Veränderung aufzwingen. Jahrelange Propaganda und Erziehung werden nötig sein, damit sie bereit sind...»

«Das bedeutet in sechs Monaten Hungersnot.»

«Enteigne die ausländischen Erdölbesitzer, du wirst Devisen haben, um Korn zu kaufen.»

«Ich kann nicht.»

Jean blickt starr vor sich hin. Er sieht die feindlichen Panzer über das Land rollen. Luciens Stimme fleht ihn an:

«Ich beschwöre dich, Jean. Noch ist Zeit. Schlag einen anderen Weg ein.»

Jean sieht immer noch die Panzer. Er sagt mit müder Stimme:
«Ich kann nicht! Ich kann nicht...»

Die Panzer verschwinden. Jean sieht Luciens wütendes Gesicht.

«In diesem Fall», sagt Lucien, «rechne nicht mit mir.»

Eilig verläßt er das Arbeitszimmer. Jean klopft mit seinem leeren Glas auf den Tisch. Der Diener gießt ein. Jean steht auf, geht einige Schritte, setzt sich auf seinen Schreibtisch und sieht dabei zu Hélène hin, als erwarte er Hilfe von ihr.

Man hört seine Stimme dumpf sagen:

«Gewalt! Immer Gewalt! Sie mit Gewalt retten. Das Land mit Gewalt industrialisieren. Was habe ich getan, verdammt, um zur Gewalt verurteilt zu sein! Was kann ich tun?»

DAS TRIBUNAL

Jean beugt sich zu Hélène und sieht sie bohrend an.

«Was konnte ich tun, Hélène! Wenn du mir hättest helfen können! Wenn du mir geholfen hättest! Hast du verstanden, daß ich dich um Hilfe bat? Hast du nicht in meinen Augen gelesen?»

«Warum hast du nie etwas gesagt?»

Zeugenaussage von Jean
(Drei Jahre früher)

JEANS ARBEITSZIMMER

Jean sitzt mit einem Glas in der Hand auf seinem Schreibtisch und sieht Hélène weiter in leidenschaftlicher Erwartung an. Man hört seine Stimme:

«Weil in mir auch die Gewalt der Begierde war. Ich wollte dich in meine Arme nehmen und...»

Der Kammerdiener geht zu Jean, spricht ihm ins Ohr und zeigt dabei auf seine Uhr. Jeans Stimme sagt:

«Ich habe andere Frauen gehabt...»

Jean folgt dem Diener in einen Nebenraum des Arbeitszimmers, wo ein hübsches, provokantes Mädchen auf ihn wartet:

«Exzellenz», sagt sie, «es ist ein solches Glück, Ihnen zu begegnen... Ich wagte nicht daran zu glauben, mir ist, als würde ich träumen...»

Jean sieht sie mit einem zynischen und schmerzverzerrten Lächeln an. Er nähert sich ihr, während sie weiterredet, und bringt sie zum Schweigen, indem er ihr einen Kuß auf den Mund drückt. Jeans Stimme sagt:

«Frauen! Whisky! Und diese Obsession...»

Panzer rollen über das Land.

DAS TRIBUNAL

Jean steht vor Hélène.

«Die Fortsetzung kennst du. Die Bauern haben die Traktoren zerstört und die Ernten verbrannt. Ich wußte, daß sie das tun würden. Ich wußte, daß man Dörfer niederbrennen und Tausende Menschen verhaften müßte, um ihren Aufstand niederzuschlagen. Immer das Räderwerk. Man mußte sechs Jahre durchhalten. Und dann hat Lucien sein Flugblatt gedruckt...»

Zeugenaussage von Jean
(Drei Jahre früher)

JEANS ARBEITSZIMMER

Jean ist an seinem Schreibtisch. Vor ihm der Justizminister, der ein Exemplar der illegalen Zeitung La Lumière *schwingt und dabei brüllt:*

«Haben Sie gelesen? Aufgehängt gehört er!»

Jean schlägt auf seinen Tisch und wirft dem Minister einen vernichtenden Blick zu. Dieser geht zum Fenster und winkt Jean heran. Beide sehen aus dem Fenster. An einer Straßenecke verteilt ein kleiner Junge das Flugblatt an Passanten.

«Genauso ist es in der ganzen Stadt», sagt der Minister. «Die Erdölarbeiter warten nur auf ein Zeichen. Man muß die Ordnung wiederherstellen und ihnen angst machen.»

Jean ist immer noch am Fenster. Er trommelt gegen die Scheibe. Schließlich sagt er:

«Laß ihn verhaften.»

Ein großes, feindseliges Geschrei.

DAS TRIBUNAL

Die Zuhörer pfeifen und schreien. Jean blickt auf den wütenden Saal, ohne ihn zu sehen, dann wendet er sich wieder Hélène zu.

«Ein Jahr lang habe ich kein Auge schließen können.»

Er starrt reglos auf Hélène, dann verschwimmt seine Sicht. Er erinnert sich...

Zeugenaussage von Jean

(Zwei Jahre früher)

JEANS ZIMMER IM PALAST

Jean liegt mit offenen Augen da und wälzt sich in seinem Bett hin und her. Seine Stimme sagt: «Gewalt! Gewalt!»

Jean und Lucien heben den auf offener Straße ermordeten Juden auf.

Benga fällt auf der Straße mit einem haßerfüllten Blick auf Jean zu Boden. «Gewalt!»

Ein Dorf brennt. Maschinengewehre knattern.

Soldaten knüppeln auf Bauern ein.

Panzer rollen über das Land. Jeans Stimme wiederholt:

«Gewalt!»

Jean setzt sich plötzlich in seinem Bett auf. Er ruft: «Carlo! Carlo!» und läutet. Der Kammerdiener erscheint.

«Whisky», sagt Jean.

Der Kammerdiener gießt ihm ein.

«Bring mir sofort Darieu her.»

Jean leert sein Glas und gießt sich neu ein.

EINIGE AUGENBLICKE SPÄTER

Jean hat einen Morgenmantel übergezogen. Er sitzt auf seinem Bett. Der Diener läßt Darieu herein.

«Bist du bei Lucien gewesen?» fragt Jean.

«Ja», sagt Darieu. «Ich bin seit zwei Stunden zurück.»

«Warum bist du nicht zu mir gekommen?»

«Ich dachte, du würdest schlafen.»

«Ich schlafe nie. Und? Hast du ihm meinen Vorschlag gemacht?»

«Ich habe ihm gesagt, er würde morgen frei sein, wenn er sich ruhig hält.»

«Was hat er geantwortet?»

«Er hat gesagt, daß er noch am Tag seiner Freilassung wieder gegen dich schreiben würde.»

Jean sieht Darieu mit einem toten Blick an, dann ist sein Gesicht plötzlich von dumpfer Wut zerfurcht.

«Geh», sagt er.

Und da sich Darieu nicht rührt, fängt Jean an zu schreien:

«Geh! Geh doch, verdammt noch mal!»

Darieu geht langsam hinaus. Jean gießt sich ein Glas Whisky ein und trinkt es aus.

DAS TRIBUNAL

Jean steht vor Hélène.

«Eines Tages hat man mir gesagt, er wäre krank. Ich bin zu ihm gegangen...»

Zeugenaussage von Jean
(Zwei Jahre früher)

DEPORTATIONSLAGER

Jeans weißer Wagen hält im Haupthof des Lagers. Jean steigt aus. Er wird von einem Offizier begrüßt, der ihn zur Krankenstation des Lagers führt. Lucien ist allein in einer Ecke in einem Bett. Er ist abgemagert und hat glänzende Augen. Jean wendet sich an den Offizier:

«Lassen Sie uns allein.»

Der Offizier geht hinaus. Jean greift nach einem Schemel und setzt sich an das Bett Luciens, der ihm schwach zulächelt.

«Mein Brüderchen», sagt Jean mit erstickter Stimme.

«Ich wußte, daß du kommen würdest», sagt Lucien.

«Hast du Schmerzen?»

«Nein. Ich werde es aber nicht mehr lange machen.»

Jean nimmt Luciens Hand.

«Haßt du mich?»

«Nein. Ich bedauere dich. Ich werde bis zum Schluß saubere Hände behalten haben. Ich bereue nichts.»

Er zieht seine Hand von Jeans Hand zurück und sieht ihn streng an:

«Deine Hände sind voller Blut.»

«Ich weiß», sagt Jean. «Glaubst du, ich wäre nicht gern selbst auch rein geblieben? Aber wäre ich wie du gewesen, wäre noch heute der Regent da. Die Reinheit: das ist ein Luxus. Du hast sie dir erlauben können, weil ich dir zur Seite stand und mir die Hände schmutzig machte.»

Die Tür der Krankenstation geht auf. Jean fährt hoch und sieht zwei Deportierte eintreten, die volle Blechschüsseln tragen. Ein Wächter ist hinter ihnen hereingekommen und brüllt: «Raus!»

Die zwei Deportierten gehen mit resigniertem und abgestumpftem Gesicht hinaus.

«Was ist?» fragt Jean.

«Genossen», sagt Lucien. «Sie werden draußen essen müssen, weil du mich besuchen gekommen bist.»

Jean senkt den Kopf.

«Nicht meinetwegen bin ich dir böse», sagt Lucien. «Ihretwegen.»

Jean blickt wütend wieder hoch:

«Ich sage dir: Ich bereue nichts! Die Revolution mußte gesichert werden. Wenn ich das Erdöl verstaatlicht hätte, hätte es Krieg gegeben.»

«Wieso hast du mir das nicht gesagt?» fragt Lucien verblüfft.

«Ich konnte nicht.»

«Mußte man zur Rettung der Revolution derart viele Menschen deportieren?»

«Glaubst du nicht, daß es hundertmal mehr Deportierte gegeben hätte, wenn das Ausland den Regenten wieder eingesetzt hätte? Man mußte wählen.»

Jean steht auf und geht an Luciens Bett auf und ab.

«Lucien, ich habe das ganze Land gegen mich. In einem, in zwei Jahren werde ich gestürzt und erschossen werden.»

«Und dann?»

«Ich werde fünf Jahre durchgehalten haben. Meine Nachfolger werden keine andere Politik als meine machen können. Aber die Revolution ist gerettet. In einigen Jahren werden die Deportierten zurückkommen, man wird das Erdöl verstaatlichen können, die Menschen werden glücklich sein. Dank mir. Dank mir, dem Tyrannen, den sie nach wie vor hassen werden. Und du, was hast du getan? Was nützt es, von Gerechtigkeit zu reden, wenn man nicht versucht, sie zu verwirklichen?»

Lucien sieht Jean mit einer gewissen Verzweiflung an:

«Warum sagst du mir das? Willst du, daß ich in Verzweiflung sterbe?»

«Nein. Nein», sagt Jean.

Jean setzt sich wieder auf den Schemel neben Lucien und hält seinen Kopf zwischen den Händen.

«Glaubst du, ich bin nicht selbst verzweifelt? Ich habe alles auf mich genommen. Alle Morde und selbst deinen Tod. Und mir graust vor mir.»

Lucien streckt eine Hand aus und nimmt Jeans Hand.

«Jean, ich glaube, ich verstehe dich.»

Jean richtet den Kopf auf. Lucien fragt ihn etwas besorgt:

«War das falsch, rein bleiben zu wollen?»

«Ich ... ich denke nicht. Ich denke, es muß Menschen wie dich und Menschen wie mich geben. Lucien, wir haben getan, was wir konnten, wir sind beide bis zum Äußersten gegangen. Hör zu. Eines Tages werden sie in den Palast eindringen und mich zum Tode verurteilen. Fast wünsche ich mir das. Aber auf eines kommt es an: Ich möchte wissen, ob du mich freisprichst?»

Lucien drückt nachhaltig Jeans Hand:

«Du hast getan, was du konntest.»

Jean legt seinen Arm um Luciens Schultern und drückt ihn an sich:

«Mein Brüderchen.»

DAS TRIBUNAL

François ist aufgestanden und fragt Jean:

«Wer beweist uns, daß du die Wahrheit sagst? Wer beweist uns, daß Lucien dich freigesprochen hat?»

«Niemand. Ihr könnt denken, was ihr wollt.»

Jean wendet sich leidenschaftlich an Hélène:

«Aber du, Hélène, du glaubst mir? Du glaubst mir?»

«Ich glaube dir», sagt Hélène.

Während Hélène spricht, sehen Jean und sie einander in die Augen, und genauso, wie als Hélène den Saal betrat, verschwinden alle Anwesenden. Im Saal sind nur noch Hélène und Jean. Dann sagt François' Stimme: «Die Verhandlung ist geschlossen», und die Menschenmenge taucht wieder auf, sie drängt zu den Ausgängen hin. Die Geschworenen ziehen sich zur Beratung zurück. Ein Teil der Zuschauer ist sitzen geblieben. Wachen und Amtsdiener laufen herum. Jean ist an seinem Platz stehengeblieben, und Hélène ist zu ihm gegangen. In dem Raum zwischen Podest und erster Sitzreihe sind sie relativ allein. Hélène ist sehr bewegt.

«Verzeihst du mir?» fragt Jean.

«Ich glaube dir, Jean. Ich glaube alles, was du gesagt hast.»

«Nur das wünschte ich mir vor meinem Tod.»

Hélène sieht Jean verzweifelt an.

«Warum hast du nie gesprochen? Warum hast du nie gesagt, daß du mich liebst?»

«Ich dachte, dir graust vor mir. Ich liebte dich so, Hélène. Vom ersten Tag an habe ich dich geliebt.»

Hélènes Augen füllen sich mit Tränen.

«Ich auch, Jean. Ich habe dich sofort geliebt. Es ist meine Schuld. Aus Stolz habe ich mich belogen. Ich liebte dich, aber du machtest mir angst. Ich fand dich zu stark und zu hart. Lucien war mir ähnlich: ein bißchen aus Feigheit habe ich ihn geheiratet. Ich dachte, du brauchtest niemanden, und ich wollte dich herausfordern. Verzeihst auch du mir?»

«Hélène!»

Jean will sprechen, aber die Geschworenen kommen zu ihren Plätzen zurück, und die Menge nimmt lärmend den Saal wieder ein. Jean und Hélène sind voneinander getrennt und setzen sich beide an ihre jeweiligen Plätze zurück, ohne sich aus den Augen zu verlieren.

Die Menge schweigt, als sich auf ein Zeichen von François hin der Vorsitzende der Geschworenen erhebt und verkündet:

«Die Geschworenen erklären den Angeklagten in allen Punkten der Anklage für schuldig.»

Der Vorsitzende setzt sich wieder hin. François sagt kurz:

«Der Tod.»

Einiger Beifall im Publikum, einige Rufe, die aber schnell wieder aufhören. Die Mehrheit des Publikums bleibt still. Jean ist aufgestanden. Zwei Wachen stellen sich links und rechts von ihm auf und führen ihn nach hinten ab. Hélène ist aufgestanden und will zu Jean hinstürzen. François hält sie zurück. Als Jean an ihr vorbeikommt, lächelt er sie an.

«Ich liebe dich, Jean!»

«Danke», sagt Jean.

Und er verschwindet zusammen mit den Wachen.

JEANS ARBEITSZIMMER

Der Botschafter steht vor François. Er redet höflich, verschleiert aber kaum den drohenden Inhalt seiner Rede. François hört ihn mit wütender Miene an:

«Unsere Regierung wünscht nichts lieber als freundschaftliche Beziehungen zu der Ihren», sagt der Botschafter. «Allerdings bin ich beauftragt, Ihnen mitzuteilen, daß, wenn Sie das Erdöl verstaatlichen und unsere Landsleute enteignen, wir dieses als casus belli betrachten werden.»

«Ihre Regierung hat sich nicht in unsere inneren Angelegenheiten einzumischen», sagt François.

«Wie Sie meinen, Exzellenz. Ich erinnere Sie daran, daß Ihr Land klein und unseres sehr groß ist.»

Schweigen. Der Botschafter insistiert höflich:

«Meine Regierung erwartet eine präzise Antwort.»

«Wir werden das Erdöl nicht anrühren», sagt François.

Der Botschafter verbeugt sich mit ironischem Lächeln.

«Genau das erwarten wir von Ihrer Klugheit, Exzellenz.»

Dann zieht er sich zurück. Von der Tür aus wendet sich der Kammerdiener François zu:

«Die Delegation der Erdölarbeiter erwartet Sie, Exzellenz.»

«Warte», sagt François. «Gib mir ein Glas Whisky.»

Der Kammerdiener gießt ihm wortlos ein. François trinkt und stellt sein Glas wieder ab. Dann gibt er dem Diener ein Zeichen und sagt mit düsterer Miene:

«Laß sie herein.»

Jean-Paul Sartre über *Im Räderwerk*

Das Drehbuch *Im Räderwerk* ist 1946[1] geschrieben worden. Was mich ursprünglich reizte, war die Übertragung einer Technik auf den Film, die die angelsächsischen Schriftsteller vor dem Krieg oft anwandten: die Pluralität der Gesichtspunkte. Die Idee lag in der Luft. Erinnern Sie sich an *Citizen Kane* oder an *Rashomon*[2]: Man versuchte, die traditionelle Kontinuität der Erzählung zu brechen, die «Rückblende» einzuführen, ein Ereignis von verschiedenen Blickwinkeln aus zu beschreiben. In dem Film, den ich mir vorstellte, war nicht allein die Chronologie aufgelöst, sondern auch eine und dieselbe Person. Hélène erschien völlig unterschiedlich je nach dem jeweiligen Gesichtspunkt.

1946 war auch die Zeit, in der man, ohne die genaue Wahrheit über die Lager zu kennen, die verheerenden Folgen des Stalinismus zu entdecken begann. Das Drehbuch sollte *Die schmutzigen Hände* heißen wie das Stück, das ich zwei Jahre später geschrieben habe. Eine Frage quälte mich: Was ist bei einer Kollektivierung unvermeidlich und was nicht? Wer regiert? Die Notwendigkeit oder ein Mensch? Im Grunde stand nicht der Stalinismus als solcher zur Debatte. Ich bin nur von einer sehr verbreiteten und meiner Meinung nach zum großen Teil falschen Behauptung ausgegangen: «Stalin konnte nichts anderes tun, als was er getan hat.» Ich habe an ein Land gedacht, wo man wirklich «nichts anderes tun» konnte. Ein kleines, erdölreiches Land beispielsweise, das in völliger Abhängigkeit vom Ausland lebte. Und ich habe mir den Fall eines Mannes ausgedacht, der mit revolutionären Absichten an die Macht käme, der wirklich entschlossen wäre, sie zu verwirklichen, und sich schließlich damit abfinden würde, auf Grund der Forderungen eines mächtigen Nachbarn eine entgegengesetzte Politik zu machen.

1946 befand sich der größte Teil Lateinamerikas in einer solchen Situation. Seitdem hat es Castro gegeben, der aus diesem Kreis auszubrechen gewußt hat. Castro hat begriffen, daß das Problem nicht ist, die Macht zu ergreifen, sondern, zunächst durch die Guerilla, dann durch den Volkskrieg, die Bedingungen zu schaffen, die ihre tatsächliche Ausübung ermöglichen. Als mir Jean Mercure eine Bühnenbearbeitung von *Im Räderwerk* vorgeschlagen hat, wollte ich sofort den Ausgang verändern. Ich rührte nicht an die Szene, in der man François als Opfer derselben Falle die Politik des Diktators wiederaufnehmen sieht, den er soeben gestürzt hat. Ich beabsichtigte aber die Figur von Darieu dazu zu verwenden, die andere Lösung vorzuführen, an die weder Jean noch François gedacht haben: die Guerilla. So wäre das «Räderwerk» durch die Geburt des Castrismus zerbrochen worden.

Daraufhin sind im Osten die Ihnen bekannten Ereignisse passiert. Die Tschechoslowakei hat kein Erdöl, und der sowjetische Imperialismus gehorcht anderen Gesetzen als der amerikanische Imperialismus. Aber die Situation ist die gleiche: Ein großes Land will den kleineren Staaten in seinem Einflußbereich sein Gesetz aufzwingen.[3] Natürlich konnten die Tschechoslowaken gegen die sowjetischen Panzer nicht die Taktik der Guerilla anwenden. Sie haben mit außergewöhnlichem Geschick eine andere Kampfform angewendet, den passiven Widerstand. Von daher schien mir, ich würde das Stück abschwächen, wenn ich den Akzent auf Methodenfragen legte. Unter den heutigen Bedingungen geht es vor allem darum, die Permanenz und den Skandal einer Politik der Gewalt hervorzuheben, die im sozialistischen Lager genausogut wie im kapitalistischen Lager praktiziert wird. Darum habe ich auf eine Veränderung meiner Geschichte verzichtet.

Man muß sich klarmachen, daß der Mann, dem das ganze Drama lang der Prozeß gemacht wird, Jean Aguerra, weder ein Verräter noch ein Gekaufter ist. Bis zu Castro herrschten auf Kuba die Amerikaner durch Korruption. Der Politiker, der mit mehr oder weniger großzügigen Absichten an die Macht kam, widerstand dem unterschiedlich lange. Und wenn er schließlich nachgab, so weil ihm bewußt wurde, daß das Zusammenwirken von feindlichen gesellschaftlichen Kräften und der Armee mit dem ausländischen Druck jede ernsthafte Reform unmöglich machte. Mit meiner Wahl einer ganz und gar anständigen und ehrlichen Figur, die wirklich an den Sozialismus glaubt, habe ich zeigen wollen, daß es hierbei weder um eine Frage der Person noch des Charakters geht: In einem Land, wo durch Mittelsmänner das Ausland herrscht, ist die Macht selbst korrumpiert, und die, die sie innehaben, machen sich, wie Jean, unbeabsichtigt zu Verbrechern.

Natürlich spielen bei Jeans Verhalten auch private Elemente eine Rolle. Für mich unterscheidet sich das Privatleben nicht grundsätzlich vom öffentlichen Leben; es ist eine andere Art, durch das Gesellschaftliche absolut bestimmt zu werden. Es gibt übrigens ein Problem, das mich immer fasziniert hat: herauszufinden, wie sich das Private und das Öffentliche im Fall eines Staatsmanns verbinden. Daß ein Mensch eines Tages berufen ist, eine Rolle in der Geschichte zu spielen, kann nicht einfach das Ergebnis eines Zufalls oder einer Reihe von Zufällen sein. Durch die Kombination von marxistischen und psychoanalytischen Analysen müßte man zeigen können, wie eine bestimmte Gesellschaft und eine bestimmte Kindheit jemanden herausbilden, der dazu fähig sein wird, im Namen seiner Gruppe die Macht zu übernehmen und auszuüben. Diese Frage geht aber über *Im Räderwerk* hinaus, wo sie kaum gestreift wird. François hat einen ganz anderen Charakter als Jean, seine Privatsorgen sind nicht die gleichen, und dennoch wird er die Politik seines Vorgängers übernehmen.

Eine für den Film und für Möglichkeiten des Films geschriebene Geschichte für die Bühne zu bearbeiten bringt natürlich ernsthafte technische Probleme mit sich. Jean Mercure hat zu ihrer Lösung mein volles Vertrauen erhalten, genauso wie ich Piscator vertraut hatte, als *Im Räderwerk* in Deutschland gespielt wurde, oder Strehler für die Aufführung am Piccolo Teatro. Ich weiß, daß Jean Mercure ein wirkliches Volkstheater machen will, und das gefällt mir an seinem Unternehmen. Das Volkstheater sollte vor allem ein Aktionstheater sein: reich an Ereignissen und arm an Worten, der Sinn sollte sich gewissermaßen stumm aus dem gesamten Stück ergeben, anstatt in ihm vorgetragen zu werden. Ich füge hinzu, daß ich mir heute kein Volkstheater vorstellen kann, das keine politische Dimension hätte. Deswegen bin ich froh, daß *Im Räderwerk* am Théâtre de la Ville aufgeführt wird.[4]

Anmerkungen

1 Der Film wäre beinah 1949 von Bernard Borderie realisiert worden.

2 Filme von Orson Welles und Akiro Kurosawa.

3 Zu Sartres Verurteilung des Einmarschs der Truppen des Warschauer Pakts in die Tschechoslowakei siehe «Der Sozialismus, der aus der Kälte kam» in: *SARTRE Lesebuch. Den Menschen erfinden*, Rowohlt, Reinbek 1986.

4 Das Publikum im Théâtre de la Ville nahm *Im Räderwerk* gut auf, während es von der Kritik verrissen wurde.

Quellennachweis

L'engrenage (Im Räderwerk), Les Éditions Nagel, Paris 1948. Deutsch in der Übersetzung von Helmuth de Haas zuerst erschienen bei Holle, Darmstadt 1952. *Neuübersetzung.*

L'engrenage (Jean-Paul Sartre über *Im Räderwerk*), erschienen unter dem Titel «J'ai pensé à un pays où on ne pourrait vraiment rien faire d'autre», Interview mit Bernard Pingaud anläßlich der Bühnenfassung von Jean Mercure in: *Théâtre de la Ville / Journal* Nr. 2, November 1968. Unter dem Titel «L'engrenage» wiederabgedruckt in: Jean-Paul Sartre, *Un théâtre de situations* (Herausgegeben von Michel Contat und Michel Rybalka), Gallimard, Paris 1973, 367–371. *Erstübersetzung.*

Aufführungen der Bühnenfassung

Aufführung im Schauspielhaus Zürich am 30. November 1952.

Aufführung von Erwin Piscator am 27. September 1953 in Frankfurt am Main.

Aufführung von Giorgio Strehler am Piccolo Teatro in Mailand 1953.

Aufführung von Jean Mercure am Théâtre de la Ville in Paris im Februar 1969.

Bibliographie

a) Deutsch

Colberg, Klaus, *Sartre-Film auf dem Theater. Uraufführung im Zürcher Schauspielhaus* in: *Neue literarische Welt* III, Nr. 24, 1952.

Schauder, Karl-Heinz, *Im Räderwerk von Macht und Gewalt. Sartre und der Film* in: *Kultur* VI, Nr. 105, 1957–1958.

b) Französisch

Bastide, François-Régis, *«L'engrenage» de Jean-Paul Sartre* in: *Les Nouvelles littéraires* vom 6. März 1969.

Dutour, Jean, *«L'engrenage»* in: *Le paradoxe du critique suivi de Sept saisons: Impressions de théâtre*, Flammarion, Paris 1972, 345–346.

Elgozy, Georges, *«L'engrenage» de Sartre a les dents dures* in: *Réalités*, März 1969.

Fabre-Luce, Alfred, *J.-P. Sartre a les mains propres* in: *Combat* vom 24. Februar 1969.

Frois, Étienne, *Sartre, «L'engrenage»* in: *Le Français dans le monde*, Juli-August 1969.

Galey, Mathieu, *«L'engrenage» de Jean-Paul Sartre. L'illusion des mains propres* in: *Combat* vom 1.–2. März 1969.

Gautier, Jean-Jacques, *Au théâtre de la ville «L'engrenage» de Jean-Paul Sartre* in: *Le Figaro* vom 27. Februar 1969.

Gisselbrecht, André, *Surtout riche de paroles...* in: *L'Humanité* vom 27. Februar 1969.

Jaubert, Jacques, *Raymond Pellegrin, le tyran de Sartre, n'est plus un inconditionnel du théâtre* in: *Le Figaro littéraire* vom 3.–9. März 1969.

Judrin, Roger, *Un cathare et Une pureté fabuleuse* in: *Moralités littéraires*, Gallimard, Paris 1966, 160–168.

Kourilsky, Françoise, *Le brouillon des «Mains sales»* in: *Le Nouvel Observateur* vom 10. März 1969.

Lemarchand, Jacques, *«L'engrenage» au Théâtre de la Ville* in: *Le Figaro littéraire* vom 10.–16. März 1969.

Marcabru, Pierre, *Mais pourquoi Sartre a-t-il sorti «L'engrenage» du tiroir où il pourrissait?* in: *Paris-Presse-L'Intransigeant* vom 5. März 1969.

Patri, Aimé, *«L'engrenage» de Jean-Paul Sartre* in: *Paru* Nr. 52, 1949, 37–39.

Poirot-Delpech, Bertrand, *«L'engrenage» de J.-P. Sartre* in: *Le Monde* vom 27. Februar 1969.

Verstraeten, Pierre, *«L'engrenage»* in: *Violence et éthique. Essai d'une critique de la morale dialectique à partir du théâtre politique de Sartre*, Gallimard, Paris 1972, 33–48.

Jean-Paul Sartre: Gesammelte Werke in Einzelausgaben

In Zusammenarbeit mit dem Autor und Arlette El Kaim-Sartre herausgegeben von Traugott König

---

Romane und Erzählungen

Band 1: Der Ekel. Roman (Gebunden und als rororo 581)
Band 2: Die Kindheit eines Chefs. Gesammelte Erzählungen (Gebunden und als rororo 5517)
Band 3: Zeit der Reife. Die Wege der Freiheit 1. Roman (rororo 5813)
Band 4: Der Aufschub. Die Wege der Freiheit 2. Roman (rororo 5935)
Band 5: Der Pfahl im Fleische. Die Wege der Freiheit 3. Roman (rororo 12270)
Band 6: Die letzte Chance. Die Wege der Freiheit 4. Romanfragment (rororo 5692)

Theaterstücke

Band 1: Bariona oder Der Sohn des Donners. Ein Weihnachtsspiel (zur Zeit lieferbar in: Marius Perrin, Mit Sartre im deutschen Kriegsgefangenenlager, rororo 5267)
Band 2: Die Fliegen (rororo 418. Neuausgabe in Vorbereitung)
Band 3: Geschlossene Gesellschaft (rororo 5769)
Band 4: Tote ohne Begräbnis
Band 5: Die respektvolle Dirne (rororo 5838)
Band 6: Die schmutzigen Hände
Band 7: Der Teufel und der liebe Gott
Band 8: Kean
Band 9: Nekrassow
Band 10: Die Eingeschlossenen (rororo 551. Neuausgabe in Vorbereitung)
Band 11: Die Troerinnen des Euripides

Drehbücher

Band 1: Das Spiel ist aus (rororo 59)
Band 2: Im Räderwerk (rororo 12207)

Philosophische Schriften

Band 1: Die Transzendenz des Ego. Philosophische Essays 1931–1939 (Gebunden)
Band 2: Das Imaginäre. Phänomenologische Psychologie der Einbildungskraft (Gebunden)
Band 3: Das Sein und das Nichts. Versuch einer phänomenologischen Ontologie (Gebunden. Neuausgabe in Vorbereitung)
Band 4: Bewußtsein und Erkenntnis. Philosophische Essays 1943–1950 (in Vorbereitung. Daraus zur Zeit lieferbar: Bewußtsein und Selbsterkenntnis, rororo 1649)
Band 5: Marxismus und Existentialismus. Versuch einer Methodik
Band 6: Kritik der dialektischen Vernunft 1. Theorie der gesellschaftlichen Praxis (Gebunden)
Band 7: Determination und Freiheit. Philosophische Essays 1961–1969 (in Vorbereitung)
Band 8: Aufzeichnungen zu einer Moral. Aus dem Nachlaß (in Vorbereitung)
Band 9: Kritik der dialektischen Vernunft 2. Die Intelligibilität der Geschichte. Aus dem Nachlaß (in Vorbereitung)

Schriften zur Literatur

Band 1: Der Mensch und die Dinge. Aufsätze zur Literatur 1938–1946 (rororo 4260)
Band 2: Baudelaire. Ein Essay (rororo 4225)
Band 3: Was ist Literatur? (rororo 4779)
Band 4: Saint Genet, Komödiant und Märtyrer (Gebunden)
Band 5: Schwarze und weiße Literatur. Aufsätze zur Literatur 1946–1960 (rororo 5199)
Band 6: Was kann Literatur? Interviews, Reden, Texte 1960–1976 (rororo 4381)
Band 7: Der Idiot der Familie 1. Gustave Flaubert 1821–1857. I. Die Konstitution (dnb 78)
Band 8: Der Idiot der Familie 2. Gustave Flaubert 1821–1857. II. Die Personalisation 1 (dnb 89)

Band 9: Der Idiot der Familie 3. Gustave Flaubert 1821–1857. II. Die Personalisation 2 (dnb 90)
Band 10: Der Idiot der Familie 4. Gustave Flaubert 1821–1857. III. Elbehnon oder Die letzte Spirale (dnb 114)
Band 11: Der Idiot der Familie 5. Gustave Flaubert 1821–1857. IV. Objektive und subjektive Neurose (dnb 132)
Band 12: Mallarmés Engagement (Gebunden)

Schriften zu Theater und Film

Mythos und Realität des Theaters. Aufsätze und Interviews 1931–1970 (rororo 4422)

Schriften zur bildenden Kunst und Musik

Band 1: Die Suche nach dem Absoluten. Essays und Interviews 1946–1979 (in Vorbereitung)

Politische Schriften

Band 1: Paris unter der Besatzung. Artikel und Reportagen 1944–1945 (rororo 4593)
Band 2: Überlegungen zur Judenfrage (in Vorbereitung)
Band 3,1: Krieg im Frieden 1. Artikel, Aufrufe, Pamphlete 1948–1954 (rororo 4904)
Band 3,2: Krieg im Frieden 2. Reden, Polemiken, Stellungnahmen 1952–1956 (rororo 4973)
Band 4: Wider das Unrecht. Die Affäre Henri Martin (rororo 5096)
Band 5: Wir sind alle Mörder. Der Kolonialismus ist ein System. Artikel, Reden, Interviews 1947–1967 (rororo 12271)
Band 6: Der Intellektuelle und die Revolution. Artikel, Aufrufe, Interviews 1964–1973 (in Vorbereitung)
Sartre / Gavi / Victor: Der Intellektuelle als Revolutionär. Streitgespräche (rororo 1994)

Autobiographische Schriften

Band 1: Die Wörter (Gebunden und als rororo 1000)
Band 2: Sartre über Sartre (rororo 4040)
Band 3: Sartre. Ein Film von Alexandre Astruc und Michel Contat (dnb 101)

Tagebücher

Tagebücher November 1939 bis März 1940 (Gebunden)

Briefe

Briefe an Simone de Beauvoir 1. 1926–1939 (rororo 5424)
Briefe an Simone de Beauvoir 2. 1940–1963 (rororo 5570)

Zu Sartres Leben und Werk sind erschienen:

Walter Biemel: Jean-Paul Sartre mit Selbstzeugnissen und Bilddokumenten (rowohlts monographien 87)
Annie Cohen-Solal: Sartre. 1905–1980 (Gebunden)
Axel Madsen: Jean-Paul Sartre und Simone de Beauvoir. Die Geschichte einer ungewöhnlichen Liebe (rororo 4921)
Marius Perrin: Mit Sartre im deutschen Kriegsgefangenenlager / Jean-Paul Sartre: Mathieus Tagebuch. Ein Fragment / Bariona oder Der Sohn des Donners. Ein Weihnachtsspiel (rororo 5267)

Gesammelte Werke Jean-Paul Sartres

in sechs preiswerten Taschenbuchkassetten

Kassette 1 Schriften zur Literatur (8 Bände, bereits erschienen)
Kassette 2 Romane und Erzählungen (4 Bände, bereits erschienen)
Kassette 3 Theaterstücke und Drehbücher, Schriften zu Theater und Film
Kassette 4 Politische Schriften
Kassette 5 Autobiographische Schriften, Briefe, Tagebücher (6 Bände, bereits erschienen)
Kassette 6 Philosophische Schriften, Schriften zur bildenden Kunst und Musik